ROMANZI E RACCONTI

Della stessa autrice
nel catalogo Marsilio

L'incantesimo della buffa
L'albero di Giuda
Il bastardo di Mautàna
Ninna nanna del lupo

Silvana Grasso

Solo se c'è la Luna

Marsilio

Pubblicato in accordo con Piergiorgio Nicolazzini Literary Agency (PNLA)

Prima edizione: gennaio 2017
Seconda edizione: febbraio 2017
ISBN 978-88-317-2622-1
www.marsilioeditori.it

SOLO SE C'È LA LUNA

Notte di lunapiena era stata, e un incendio di luce albina, spaventosa, magnifica, aveva furiosamente rovistato tra rami di ciliegio maturi, anche loro ormai prossimi al parto. Ma i ciliegi non soffrivano come le femmine, quando partorivano.

Non ce l'aveva fatta Gelsomina a farla nascere durante la notte, la sua creatura, e ormai erano passate più di ventiquattr'ore dai primi dolori che l'avevano, già all'alba, attraversata tutta, come quando un lampo sparava dall'alto sulle pecore e le ammazzava, una a una, né faceva differenza stare più in alto, o più in basso. Morivano comunque.

Era tutta dolore, dal petto alle spalle alle dita dei piedi, che tremavano e, spaventosamente, facevano sussultare il letto grande, dove giaceva ormai stremata, tra spasimi disumani.

Gelsomina ne sapeva poco del parto, quasi niente, non si trattavano mai quegli argomenti in casa, e ogni ragazza lo scopriva poi da sé com'era partorire, solo al momento di farlo nascere, il figlio.

Per quel poco che ne sapeva, lei pensava al dolore del parto come a un dolore concentrato, dall'ombelico a scendere, per una decina di centimetri, o poco più, se chi partoriva era alta di statura. Com'era concentrato anche il dolore dell'appendicite, un quadratino di carne nel fianco destro, incovato al confine con l'osso.

Ormai, dopo un giorno e una notte di dolori, non ce la faceva più a gridare, forse non era più neanche viva, forse era morta. Il silenzio era sceso, già dalla mezzanotte, come una museruola sulla sua gola, premonitore d'un silenzio più grande e definitivo. Quello di chi muore. E per sempre tace, con l'ultimo grido moribondo strangolato in gola.

Gelsomina era una semplice, una che non aveva studiato, che solo dopo la varicella, fatta a tredici anni, per miracolo sopravvissuta quando ormai, quasi morta, le avevano somministrato l'estrema unzione, aveva imparato a mettere la firma. Ma solo la firma «Gelsomina Caltabellotta». Imparare a scrivere del tutto, no, troppo difficile, era già una grande fatica scrivere le lettere del suo nome. Che nome lungo il suo, ma poco a poco, esercitandosi sui tronchi degli alberi, con piccole incisioni di coltello, aveva imparato a scriverlo giusto, senza saltare nessuna lettera, nemmeno una delle due *elle* del cognome, Caltabellotta. Comunque, per esserne certa, contava le incisioni, se non erano 22, quanto le lettere del suo nome e cognome, c'era stato un errore e bisognava capire dove, ricominciando pazientemente a contare.

Armata di coltello, per imparare a scrivere perfetto almeno il suo nome, non aveva risparmiato castagni né querce né noccioli, né alberi da frutto che, sulla viva carne della corteccia, muti, nella parola del silenzio che non faceva rumore, avevano ricevuto la ferita della lama, come ricevevano la tempesta di vento o la grandine quando, pazziando, ne accecavano le gemme della fioritura.

Più che a scrivere, a furia d'esercitarsi, aveva imparato a intagliare e, poco per volta, a scolpire. Tutto da sola. Dono di natura.

Che meraviglia quando aveva capito che, solo con un pezzo di legno, solo un pezzo di sughero e un coltellino, poteva farci una testa d'animale, un gatto una civetta un maialino, ma anche una testa d'uomo, di bambino o d'angelo, per le tombe dei morti, al Cimitero.

Per molto tempo lo aveva pensato che fossero gli angeli in persona a scolpire le statuine per le tombe. Alcune bellissime, che sembravano vere, sul punto di parlare ridere piangere tossire, persino camminare, altre brutte. E che magari il criterio tenuto dagli angeli, nella distribuzione della bellezza e della bruttezza, era proprio quello dell'essere stati buoni o cattivi nella vita.

Gelsomina non pensava mai alla morte con pensieri filosofici, complicati, pensieri di chi aveva studiato e tanto. Pensava, invece, alla morte come a una vicina di casa, cui chiedere un pizzico di sale, se non ce l'aveva al momento, o uno spicchio d'aglio, una cipolla fresca, strappata dall'orto mentr'ancora s'allattava alle radici della terra.

La faccia tonda della Luna, nel delirio dei dolori, le era sembrata la Madonna, accorsa in suo aiuto, anche se la faccia della Madonna, dai santini che aveva in casa, la ricordava magra sfilata, con gli zigomi alti ossuti. Magari, vista da vicino, era proprio così la Madonna, magari aveva una faccia grassoccia tonda simpatica. Umana. Una faccia da contadina, una contadina come lei, fino a un anno prima, quando, a sedici anni, aveva sposato Girolamo Franzò. Un manovale bracciante che, tornato ricco dall'America, si faceva ormai da tutti chiamare Gerri l'americano.

Ma poteva morire, giusto ora che aveva imparato a scrivere il suo nome da dio? Poteva morire solo per mettere al mondo un figlio che non aveva voluto mai, lei che al matrimonio non ci pensava proprio, che non avrebbe voluto sposare nessuno mai, fosse giovane o vecchio, bello o brutto.

Questo pensiero da quando, bravissima ormai a scolpire, s'era fatta visi d'uomo bellissimi, che in natura non esistevano, e non sembravano affatto di questa terra. E di qualcuno s'era pure pazzamente innamorata. Per ultimo di Toni, scolpito, in tre giorni e tre notti. Senza mangiare mai né dormire mai, per paura di perderla la magia delle mani e del cuore che scolpivano al posto suo, e non trovarla mai più.

Una volta finito, bellissimo lì davanti a lei, proprio nelle sue stesse mani, se l'era baciato tanto il suo Toni, da procurarsi lividi enormi sulle labbra. Piccole conche di sangue quagliato, stimmate per come furiosamente se l'era sbattuto sulla bocca, il suo Toni di legno, a rischio anche di rompercisi i denti, nell'illusione della carne, nell'illusione della lingua, nell'illusione di scoprire, infine, che fosse proprio un uomo.

Gelsomina non si credeva capace d'un simile talento, eppure erano, inconfutabilmente, opera sua quei ragazzi magnifici di legno o sughero.

S'era ammazzata a piangerlo il suo Toni, scolpito nel legno, quando, come fosse uno straccio per pulirci le botti, due gatti l'avevano martoriato, a morsi e unghiate, sfregiando il suo magnifico visodangelo, solo per gioco. E lei che, ancora una volta, lo aveva perso il suo uomo ideale, che ancora una volta restava vedova del suo vero amore, lo piangeva disperata, si strappava i capelli, se lo baciava, pezzo a pezzo, raccogliendolo da terra, ormai irriconoscibile, maciullato.

Ma non era la stessa cosa. L'occhio vivo, bellissimo quand'era intero, era mostruoso ormai spaccato a metà, proprio a centro pupilla, e ci voleva tutto il suo amore, nel ricordo della bellezza d'un attimo prima, a baciarlo ancora ancora e ancora, con inesausta passione cercando la sua lingua, a rischio di rompercisi anche i denti, per miracolo salvati, dopo il calvario delle labbra.

Così erano morti tutti i suoi uomini, di legno e sughero, morti sfregiati, accecati, mutilati, fatti a pezzi. Chi perdeva un occhio, chi il naso, chi un labbro, chi uno zigomo.

Da quando se li costruiva da sé i suoi uomini, come voleva, con gli occhi che voleva, a mandorla o tondi tondi, che sembravano fatti col compasso, o con il naso che voleva, una nascazza da pugile o un naso fino, a sigaretta, da seminarista, le piaceva pensare alla sua vita da sola, senza uomini di carne e, con cuore leggero, fantasticare sull'amore, inseguendo in cielo il volo d'uccelli solitari tra imparruccate nuvole.

Mai uccelli in branco che, visti da terra, sembravano brutti scarafaggi neri e, per qualche minuto, che durava un'eternità, persino il cielo scompariva. E lei tornava a respirare solo quando ricompariva, con le sue lentiggini d'oro di blu d'azzurro, e anche di papavero al tramonto, quando sanguinava come una femmina nei suoi giorni di sangue.

Gelsomina ne era proprio convinta. La Madonna era là, seppure con una faccia strana, da Luna. Era là solo per lei, che non chiedeva il miracolo grande di non morire, ma il miracolo piccolo di non patire oltre quell'inferno. Ci sperava, anche se lei non pregava mai, non tanto per mancanza di fiducia nella Madonna, quanto perché non aveva memoria, aveva la testa dura e non se le ricordava mai per intero le preghiere.

Solo l'inizio ricordava, quattro o cinque parole al massimo, *Santa Maria madre di dio, Ave Maria piena di grazia*. Poi nulla. Ma la Madonna non era meschina, non gliela faceva pagare per questo, e infatti là era, fuori dalla finestra, solo per lei. Che bella soddisfazione! E per un attimo anche i dolori sembrarono alloppiati, narcotizzati, su comando della Madonna.

Andava avanti quasi da due giorni, il suo supplizio, e il dolore del parto le aveva tanto indebolito la vista, che ormai quasi non vedeva più niente, più nessuno. Tranne lei, la Madonna, che maestosa splendeva sul ramo del grande gelso bianco, appoggiata alla fioritura come se riposasse, stanca del viaggio.

Certo il viaggio c'era dal Paradiso alla Terra, ed era lungo, e la Madonna, che era una creatura di genere umano, di sicuro si era stancata come una qualsiasi donna.

Ah, che sollievo, che conforto, vederla vicinissima. Se le faceva il miracolo, come voto di ringraziamento, avrebbe rincominciato a intagliare alberi, fino a quando non l'avesse scritto perfetto il nome e cognome della Madonna, come ormai scriveva il suo. Un gioco scrivere 12 lettere, Maria Madonna, a confronto delle 22 del suo, Gelsomina Caltabellotta.

«No, signorina levatrice, che fate? Me la sbrigo io, che sono pratica di queste cose. Cinque ne ho partoriti figli, e tutto da sola, io so che farne di questa qua. Voi occupatevi solo di mia cognata Gelsomina, che perde troppo sangue, e magari ci perde la vita, con quest'unica partorenza, la prima, la più difficile. Poi, nelle altre, l'utero si apre come un elastico bollito e il bambino scivola fuori subito, di botto, senza problemi.

«Questa non si butta mai dalle nostre parti», e indicò la placenta, una trippa sanguinolenta, tumefatta, avvolta in una pellicola di sugna, che aveva appena recuperato da un secchio per rifiuti, dove giaceva tra garze cotone e altre pezze, usate per il parto.

«Qua, dopo il parto, quando l'utero la sbotta e finiscono i dolori, la diamo da mangiare ai tacchini del pollaio, che ne vanno pazzi, e gli fa dolcissima la carne per il pranzo di Natale. Ora vi faccio vedere che spettacolo» disse la donna, cognata di Gelsomina, che aveva assistito al parto. Poi, la gettò, con slancio vigoroso, da uomo, in mezzo al cortile e la placenta, cadendo sul terriccio, fece un gran botto. A morsi, a colpi d'ala, a colpi di becco, due galli d'India se la contesero furiosamente. In un attimo scomparve, lasciando sul becco d'entrambi i duellanti, il sangue dello scempio.

Era nata una femmina. Gerri l'americano l'aveva capito subito che non era nato un maschio. Sua sorella Ciccina Frensis, presente al parto fin dai primi dolori, gli aveva detto, sottovoce e con un certo disagio, solo «entra Gerri».

Mentre gli avrebbe detto «màsculu», a gran voce, se fosse stato un maschio. Ma lui era un uomo di mondo, cazzo, era stato in America trent'anni, si era evoluto. Non era più un fottuto minghione siciliano. Era un imprenditore, ormai, e il suo portamento da ricco, i suoi stivali di pelle, il suo macchinone, unico in paese, avevano occultato nel suo più profondo, profondo più d'una voragine spaventosa, di quelle che s'aprivano quando scoppiava una bomba, il ricordo del garzone Girolamo che era stato.

Un disadattato garzone di campagna, con pochissimi muscoli, un corpo esile, e sulla faccia una sindone di terra, fango e vino, che pareva sangue, quando, a tempo di vendemmia, scalzo, pestava per settimane montagne d'uva nel palmento, e lo perdeva tutto il suo colore di bambino, diventava colore del vino, terrorizzato di restarci a vita, per un sortilegio, una maledizione, colore del vino.

Con questa ossessione, vomitava tutto il giorno, vomitava colate d'acido sull'uva maciullata, sui torrentelli di succo, spaventato angosciato di perderci anche le budella assieme al vomito.

Gli faceva impressione quel colore di sangue, lo intossicava quell'odore aspro di vino, gli toglieva il fiato, gli cuoceva il cervello.

Non l'ammazzava mai, però, mentre lui avrebbe voluto morirci, una volta o l'altra. E ci sperava, pregava, implorava. Invece no, la morte, chissà perché anche la morte, morte buttana, si era accanita contro lui, povero ragazzo senza colpa, che non bestemmiava mai, come invece bestemmiavano tutti i garzoni, e lo voleva uccidere, poco a poco, giorno dopo giorno, un tormento lento e straziante.

Di ritorno dall'America, ricco di dollari ed evoluto, aveva costruito nel suo paesone arretrato, dove nulla mai mutava, dove tutto restava appeso alle rocce incancrenite dal Tempo, una fabbrica di sapone, la prima in Sicilia. Sapone a pezzi magnifico, un'opera d'arte, un prodotto nuovo, stile americano, mentre ancora in Sicilia, che vergogna, usavano la cenere per lavare e lavarsi, le poche volte che lavavano e si lavavano.

Nella sua fabbrica si produceva sapone a pezzi per la biancheria, sapone in polvere per piatti e bicchieri, saponette per lavarsi faccia mani petto culo ascelle, persino i piedi. Prodotti moderni, all'avanguardia, che portavano il suo nome, non quello della nascita, Girolamo, brutto rozzo nome di paese, ma quello americano, Gerri, che lo aveva battezzato alla sua nuova, magnifica, evoluta vita imprenditoriale, ormai realtà, la *Gerri Soap*.

Lo aveva capito prima di tutti che la fabbrica, la produzione industriale, l'imprenditoria erano il futuro, mentre la zappa, il forcone, la vigna, erano il passato, un passato barbaro, un passato del cazzo, che però non c'era riuscito a farlo fesso. E quel cazzo di passato lo aveva ormai definitivamente seppellito, assieme ai suoi puzzolenti fantasmi.

La pubblicità era l'anima dell'impresa. In America, a Chicago, dove aveva imparato da operaio semplice, poi capoturno, infine capofabbrica, c'era in ogni fabbrica un ufficio che si occupava solo di creare pubblicità, la migliore a fare vendere, a fare bisinès.

Solo la pubblicità faceva la differenza, a parità di prodotto, e il prodotto sapone, in tutte le sue forme, era diffusissimo in America, per quanto invece era sconosciuto in Sicilia. La pubblicità, se fatta bene, era proprio come una poesia, di quelle che si imparano a memoria da bambini, quando la mente è affamata, e non si dimenticano mai più da adulti. Restava nella testa per sempre, e produceva sempre nuovo bisinès. Se alla pubblicità della frase d'effetto, si univa la musica, tanto meglio. Un ritornello, una canzonetta se la ricordavano facilmente tutti, anche a essere analfabeti, se solo fossero stati un tantino intonati.

«Sì.» Sua sorella Ciccina, Francesca all'anagrafe, che in America si sarebbe chiamata Frensis, disse solo «sì». Era una femmina. E lo disse davanti alla levatrice del nord, una bella ragazzona sui trent'anni. Bionda. Alta. Lui adorava le bionde alte. Ce n'erano pochissime in Sicilia. Se erano bionde non erano alte, se erano alte non erano bionde. Lei, la signorina levatrice nordica, era bionda e alta. Proprio il suo tipo.

Non doveva perdere l'occasione di dimostrare a una del Nord, emancipata tanto da trasferirsi per lavoro a due giorni di treno dalla sua terra, che anche lui era emancipato, evoluto, americano, proiettato sul bisinès.

Maschio e femmina erano uguali, ormai, almeno in America. Non faceva differenza nascere una o l'altro. Non lo pensava veramente, ma lo disse.

A voce alta lo disse, forte e determinato, per fare scena,

come se ci credesse veramente, mentre sua moglie Gelsomina parlava, a tu per tu, con la Madonna e, ormai ristorata dalle fatiche del parto, riprendeva persino colore. Ma, mentre subito aveva chiesto un coltellino e un pezzo di sughero, non aveva chiesto affatto di vedere sua figlia, già lavata e vestita dentro la culla.

Dal letto grande, però, sollevata sulla schiena, con acrobatiche torsioni del busto, inadatte dopo un simile parto, in un certo senso prendeva già le misure alla bambina.

A occhio valutava di quanti centimetri di circonferenza potesse avere la testa, magari pensando già a una scultura provvisoria nel sughero, un bozzetto, per poi farne una definitiva, incidendo a regola d'arte, un bel tocco di nocciòlo o castagno.

Misure di neonato, perfette per un angioletto, quel bel faccino, quei lineamenti fini, quella carnagione chiara.

Bella, era proprio bella la bambina, ma per il legno. Una modella ideale proprio per uno di quegli angioletti, che si mettevano sulla tomba dei bimbi nati morti, o di quelli che morivano di pochi mesi, per una sommaria diagnosi, una generica botta di latte, quando non si capiva di che cosa fossero realmente morti.

L'idea comune era che il Signore ogni tanto reclutava angioletti nuovi, man mano che gli altri invecchiavano, e li sostituiva ai vecchi.

In Paradiso era bello vedere la bellezza, la giovinezza, e questo principio valeva anche per gli angeli. Angeli belli con viso di bimbi belli. Non per niente, in vista del Paradiso e delle sue meraviglie, si finiva in ultimo con l'accettarla la morte, senza più averne terrore, quella morte che, pure, faceva una paura immensa da giovani.

I preti usavano il Paradiso anche per vendere, a buon prezzo, qualche assoluzione, quando, dietro il confessionale, il peccato sparato era bello grosso, un peccato capitale.

Ci volevano andare tutti in Paradiso, perché si stava bene, il clima era mite, eccellente, il panorama magnifico. C'era sempre da mangiare, a volontà, per tutti i residenti, e si viveva in pace, soddisfatti tutti, ricchi e poveri, buoni e delinquenti.

I buoni dovevano guadagnarselo il Paradiso con la virtù della misericordia e dell'agire da buoni, invece ai delinquenti, ma solo ai delinquenti che potevano pagare bene, si faceva un grande sconto sull'attestato delle buone azioni. Per loro si chiudeva uno o tutt'e due gli occhi, e gli si garantiva lo stesso il Paradiso.

«Passerà, è lo stress del parto, bisogna avere pazienza, il parto è un momento delicato nella vita di una donna, non solo fisicamente, anche mentalmente. Soprattutto nelle primipare lo stress del parto è un vero trauma e scombussola persino l'umore, i comportamenti. Queste cose bisognerebbe saperle, proprio per avere la massima cura, la massima comprensione di chi ha partorito. Dopo il parto, a volte, lo choc subentra persino a distanza di mesi, non subito. Il parto non coinvolge solo l'utero, signor Franzò, ma anche la mente...»

Che pronuncia fina, che cultura, aveva l'ostetrica del Continente, pensò Gerri. Manco un dottore in Sicilia ne sapeva tanto, anzi non sapevano un cazzo di niente i dottori in Sicilia. Le donne partorivano da sole, come vacche, come cavalle, come coniglie, senza un cazzo di dottore, senza un cazzo di levatrice, che costavano soldi.

E poi quella bellissima parola americana *stressi* che stabiliva tra loro due un contatto immediato, un'intesa profonda, una bandiera comune in nome dell'emancipazione.

«Non la guardate la bambina, vostra figlia? È bellissima!»

«Prima l'ho guardata, sicuro che l'ho guardata, ci ho lasciato gli occhi, mentre voi badavate alla madre.»

Non era affatto vero, ma bisognava non deluderla su niente la continentale.

Le aveva gettato, sì e no, mezz'occhio, dentro la culla. Non c'era che cazzo guardare, non c'era da esserne fieri. Era quattr'ossa, una delusione, una sardina, più un aborto che una neonata, non arrivava forse nemmeno a due chili. Sembrava nata settimina, anzi neanche di sette mesi. Mentre i cinque figli di sua sorella Ciccina Frensis erano nati giganti, superiori ai cinque chili, ognuno, tutti maschi, con polsi da panettiere, e senza ostetrica.

Bambini da fotografia, da concorso di bellezza per bebbi, come già usava in America, ma allora in paese, per povertà e ignoranza, si sconosceva la fotografia, e nessuno di quei cinque picciotti aveva una foto ricordo, scattata al momento della nascita o dopo qualche giorno.

Per fortuna restavano almeno gli occhi, testimoni di quella meraviglia, e gli occhi contavano assai più d'una fotografia, che si poteva smarrire, scolorire e perdere il prezioso valore della testimonianza. Che bel concetto aveva appena partorito, ne era infinitamente orgoglioso! Gli occhi erano la macchina fotografica dell'anima.

«Avete proprio occhio, signorina Flora! Tale e quale un ramo di pesco fiorito, questa bambina, nata in una notte speciale, notte di lunapiena. Una meraviglia, se cresce sempre a passo con questa bellezza, sarà identica alla mia fabbrica di sapone, bella florida e unica in tutta la Sicilia.

«Magari, ora, metto in produzione una saponetta nuova, alla violetta, al garofanello, alla gardenia, e la dedico a mia figlia, in suo onore. Ci do il suo nome e la lancio sul mercato con una bella pubblicità, azzeccata, spettacolare. E magari, sulla confezione da dodici pezzi, ci metto la sua foto, fatta da un fotografo professionista di città. Vedete? Questo si chiama bisinès.»

La levatrice gli aveva offerto un'occasione magnifica di debutto e Gerri l'aveva afferrata al volo, anche quello, in un certo senso, era bisinès.

«Avete già pensato al nome per la vostra bimba, signor Franzò?»

«Al nome per un maschio sì, ci avevo pensato. Il nome di mio padre, Giovanni, ci volevo mettere. Poi però lo avrei chiamato Gionni, stile americano. Glielo volevo mettere, ma non per la tradizione che qua è fortissima, quanto perché ero in America quando è morto, e non ce l'ho fatta a tornare in tempo per il suo funerale. Vabbè che lui era un pezzo di merda, ma era pur sempre mio padre, ferma restando la sua natura di merda.

«Mi è rimasto un peso sullo stomaco, una specie di rimorso, che mi scatena l'acido, magari è solo gastrite e non c'entra niente il rimorso. Avrei voluto guarirne, una volta per tutte, dopo averci provato per anni con chili di bicarbonato, che bene certo non fa, chiamando il bambino, se mi nasceva maschio, Giovanni Gionni.» Chissà magari funzionava.

Che pezzo di merda, che giuda, pensava, sentendolo parlare, sua sorella Ciccina Frensis, in piena contorsione di visceri tutti.

Come cambiava le carte in tavola, questo stronzo finto americano, e solo per una stronza gattamorta del continente, che aveva un nome di merda, Flora.

Disposto, per un pacchio di femmina continentale, anche a rinnegare suo padre, a inventarsi una versione del cazzo per giustificare il nome Giovanni, come se non bastasse la tradizione d'una vita, che al primo figlio, maschio o femmina, si dava il nome del nonno o della nonna paterni. Lo si dava, punto e basta. E non c'erano alternative, se non si voleva innescare una guerra in famiglia.

Sputò a terra, come ad alleggerirsi le budella da questo pensiero, e andò in cortile a prendere aria, mentre il Sole del primo mattino calava ormai sulle case, e la sua luce era familiare a tutti, proprio come una canzonetta imparata da bambini.

«Sì, mi sembra un nome bellissimo, perfetto, quello che suggerite per mia figlia, signorina Flora. Lo immagino già stampato sulle mie saponette da bagno, lisce più della seta, rosa pallido, o giallo paglierino, un successone. Un nome insolito, originale, unico, mai sentito da queste parti. Ottimo! Così cattura subito l'attenzione e nessuno se lo scorda più. Avete avuto un'idea grandiosa, anche voi siete portata al bisinès, vedo!

«Mia figlia, grazie a voi, avrà un nome unico come la mia fabbrica di sapone, come la sua bellezza. La vostra idea mi straconvince, signorina, la trovo fantastica, strepitosa, biutifùl, aggiudicato! Luna, si chiamerà Luna!»

Non aveva pensato mai a un nome di femmina. Forse una scaramanzia, quasi a esorcizzare l'ipotesi che potesse nascere a lui una figlia femmina, dopo i cinque maschi di Ciccina Frensis.

Così il nome Luna, come qualsiasi altro, poteva andare benissimo, e non gli avrebbe creato la costernazione di doverne, in tutta fretta, cercare uno. Quale poi? Chiedendo a chi di dargli una mano? Solo era, incastrato in un matrimonio del cazzo. E ci s'era incastrato da solo, per giunta, e tutto perché Gelsomina era quasi una bambina, una bambina vergine, mentre lui aveva già cinquant'anni.

In America non avrebbe mai potuto averla una moglie bambina. L'emancipazione aveva pure qualche difettuccio, qualche prezzo da pagare. In America valeva il principio della stessa età, tra marito e moglie, o quasi, quindi, se gli andava bene, massimo ne poteva trovare una di quarantacinque. E i figli? chi glieli garantiva i figli con una moglie di quell'età?

Uno, col suo successo, solo per avere dei figli poteva fare la minghiata di sposarsi. Ma una donna di quarantacinque anni fatica a restare incinta e, se ci resta, abortisce quasi sicuramente. E se non abortisce fa figli rachitici, con la gobbetta, debolucci, se non addirittura ritardati di cervello.

Così, tormentato da questi pensieri, aveva sposato la giovinezza, non una vera moglie. Né aveva ancora capito, e neanche gli interessava, se Gelsomina era un po' difettosa di cervello, ritardata, o se invece aveva solo soggezione di lui.

Sapeva di sicuro con quali minacce, con quante pedate, legnate, e quante settimane di digiuno, senza darle da mangiare più d'un pezzo di pane, senza darle da bere più d'un bicchiere d'acqua, al giorno, suo padre Biagio l'aveva convinta a dire sì sì sì, al prete in Chiesa Matrice, dove si sposavano solo i ricchi, solo quelli che contavano davvero.

E «*sì*» Gelsomina aveva detto, dieci mesi prima, al prete che, in pompa magna, li aveva sposati. Subito subito aveva anche mantenuto fede al suo impegno di fare un figlio, e già un mese dopo il matrimonio era incinta, ma da quel momento non aveva più voluto saperne di lui.

Né mai gli era riuscito di cavarle di bocca una sola parola, di parlare con lei della fabbrica e, magari, farla pazzamente innamorare del sapone, com'era successo a lui, se solo quella scimunìta ritardata rancorosa gliene avesse dato l'occasione.

Niente, non c'era stato verso. La riluttanza assoluta, quasi ostilità, al sapone da parte di sua moglie Gelsomina aveva per lui il sapore amarissimo d'una guerra dichiarata al progresso, all'evoluzione, alla tecnologia, al bisinès. La sentiva come una minaccia grave al suo presente, al Presente in assoluto, e ancor più al Futuro.

Così, più per paura che per stanchezza, temendo che Gelsomina potesse rituffarlo in un passato immobile, per contagio o per sortilegio, aveva del tutto rinunciato a insistere, rinunciato ad avere in lei una moglie, con cui progettare, realizzare, ingrandire, i suoi sogni imprenditoriali, già in buona parte realizzati nella sua prima fabbrica, la *Gerri Soap*.

L'aveva dunque consegnata per sempre al suo legno, a scavare occhi bocche nasi mascelle delle sue statue che, giorno dopo giorno, crescevano come gramigna nel magazzino della villa, che le aveva messo a disposizione.

In casa sua non c'era posto per quei mostri di legno e di malaugurio, intorno non ce li voleva. Andasse a portarli al Cimitero o l'avrebbe bruciata viva, assieme a loro, in un unico falò, se si fissava e non stava ai patti. Ma Gelsomina ai patti c'era stata, evitando così d'essere bruciata viva, assieme alle sue creature.

Una minghiata imperdonabile aveva fatto a sposarla, ci pensava sempre. Ma era tornato dall'America con questo pensiero, con questo chiodo fisso di sposarsi. Ormai doveva solo limitare al minimo i danni d'una simile disgrazia.

Forse era stata l'euforia di rientrare al paese da vincitore, da ricco, che tutti avrebbero ammirato, invidiato. Forse, dopo tanto tempo, era stata anche l'aria traditòra della Sicilia che lo aveva rincoglionito, levandogli lucidità di ragionamento. Comunque fosse andata, s'era fottuto con le sue stesse mani.

Ormai, però, la spina nel fianco c'era e se la doveva tenere. Anzi ora due erano le spine, Gelsomina e quella serpicina di carne stitica, bianchiccia, appena sbudellata, che di bello aveva solo il nome della luna, «Luna».

«Quasi parlava, questa notte, la Luna, signor Franzò. A un certo punto ho pure fatto spegnere nella stanza il lume a petrolio. Una Luna così non l'ho mai vista al nord, dalle mie parti. Io vengo dal Piemonte, sono piemontese, alla mia terra ci tengo. E anche se la Luna non brilla, come codesta vostra, voglio tornarci al più presto, in Piemonte, a casa mia.»

«La nostra Luna è davvero speciale, come voi stessa in onestà dite, Flora, e vi ammiro anche per questo, che sapete essere onesta nel giudizio. Pensate che insino le nuvole scappano a nascondersi, quando c'è lunapiena in cielo. Non ci provano le nuvole, non s'azzardano a molestarla con le loro malombre. Per questo il cielo brilla, come se qualcuno v'appiccasse il fuoco, quando c'è lunapiena.

«È luna selvaggia, questa nostra, non teme luce di brillante, né di diamante. Non prende ordini da nessuno. Non ha paura di niente. Una cavalla pazza, codesta nostra luna, e fa come vuole, corre dove vuole, smanìa, pazzìa, furrìa. S'accìma in capo alla montagna come una regina, e solo un attimo dopo, invece, si tuffa a mare, e fa la guardia a scogli vecchi e innamorati, di lei innamorati, senza speranza. E tutto a suo capriccio. La Luna non è mai la stessa, pare. Voi, per esempio, in Piemonte, ce l'avete una Luna così?»

Funzionava cazzo parlare della Luna, minghia funzionava parlare con poesia, con sentimento, con ispirazione. Flora lo ascoltava trasognata, era romantica la levatrice, e lui si disse bravo, bravissimo, un vero figlio di buttana di razza, per avere trovato, anche questa volta, l'argomento giusto, le parole giuste, il tono giusto, per farsi pubblicità nel bisinès della seduzione. Anche gli uomini ne avevano bisogno, non solo le saponette.

«E qua è solo Luna di campagna. Ah, se vedeste la Luna a mare, che meraviglia, Flora! Quello sì è uno spettacolo indimenticabile. Io, modestamente, ho una reggia a mare, a trenta chilometri scarsi da qua, con un panorama da favola, anzi da film.

«Non resisto all'odore del mare, solo l'odore del sapone per me viene prima, ché quello mi spara dritto al cuore, come il colpo di fulmine in amore, ma viene prima solo di poco, però. Mentre, invece, odio la terra, il fango, il letame, la stalla, per questo sono scappato in America, e là non ho fatto un solo giorno di campagna. Solo città. Trent'anni di Chicago. Non sono uscito mai dalla città, proprio per paura di trovarci la campagna, subito dopo la città.

«Sempre a mare vorrei vivere, con una moglie romantica, colta, sensibile, una moglie come si deve, ecco proprio una moglie come voi, ma la fabbrica di sapone era sacrosanto farla qua, in questo terreno, immenso e mio, lontano dal paese, un'isola perfetta per progettare e realizzare un grande bisinès. Gli affari prima di tutto, il dovere poi il piacere, anche se come vedete ho un cuore sensibile, romantico, una mente poetica.

«Ma quando c'è di mezzo il lavoro, Flora, non si possono fare scelte di cuore, che poi si rivelano scelte di cazzo, scusate. Si devono fare scelte di mente. Scelte ragionate, studiate, in vista dei maggiori benefici, dei maggiori successi. Che, poi, nella vita quello che conta è solo il successo. Quello che conta è solo come cazzo, scusate, ti vedono gli altri. Il successo è la migliore, la più potente, lente d'ingrandimento, in assoluto.

«Quando ero manovale a giornata, prima di partire per l'America, nessuno mi considerava. Una merda di vacca io ero per tutti e pure quelli come me. Valevo meno d'una testa di spillo arrugginito. Non avevo nemmeno nome, nessuno se lo ricordava il mio nome, Girolamo. Mi chiamavano *ehi tu*, oppure *scià* oppure *cornuto*. E magari, se non correvo subito al comando, *ehi tu figlio di buttana*.

«Invece ora tutti se lo ricordano il mio nome, e mi chiamano *signor Gerri*, *don Gerri*.

«Se lo ricordano per rispetto, riverenza, soggezione, perché mi vedono più in alto di loro, che ci piscio addosso, se voglio, e non devono protestare. Se non ti vedono così, più in alto di chiunque, è finita. Hai fallito, sei un fallito, hai perso tempo a farti l'oceano e diventare un americano per finta.»

«Vostra moglie è solo una ragazzina, signor Franzò. Bisogna darle tempo, a che impari a essere moglie, madre. Queste cose si imparano lentamente.»

«Sì, può essere, ma molte ragazze, almeno qui da noi, si sposano anche più piccole di lei, a dodici, tredici anni. E fanno le mogli da subito, per istinto, per educazione, per carattere, per ubbidienza, come se ne avessero quaranta. È un fatto di testa. Gelsomina non ci sta con la testa. A volte penso per un attimo sia tutto un trucco, altre che sia proprio così, e non c'è speranza, quindi. Né tra un mese né tra cent'anni.

«Comunque sia, resta il fatto che vivo dove non vorrei, come non vorrei, con chi non vorrei, e la mia fabbrica è, fino a oggi, l'unica cosa che mi sia venuta veramente bene, che mi dia una felicità assoluta, e un pieno conforto, da moglie vera.

«Vi racconto l'ultima. Gelsomina ha compiuto diciassette anni proprio la settimana passata. Le ho fatto fare, in città, una torta grande come una ruota di carretto, alta un metro. A me piacciono sempre le cose fatte in grande, siano case fabbriche o torte non fa differenza, il principio, anzi lo stile, resta sempre quello. Grande vistoso magnifico.

«Tornando al compleanno, gliel'ho festeggiato come si deve, all'uso americano. Il primo della sua vita, con torta pasticcini capcheich maccimellou e sciampagna originale, non miserabile spumantino che qua lo spacciano per sciampagna, ma proprio sciampagna vera.

«Dicevo, una torta magnifica, opera del migliore pasticciere, senza badare a spese, con la glassa di zucchero, la crema al cioccolato, i canditi, la panna, la granella di mandorle, persino la scritta *Buon compleanno, Gelsomina.* Sembrava proprio una torta americana.

«Quando le ho detto *spegni*, le candeline erano 17, mi ha guardato strano, mi ha chiesto come si faceva. E io ho cominciato, soffiando sulla prima, sulla seconda, la terza. Ma lei niente, impassibile, non mi veniva appresso. Alla fine con un unico soffione di petto, incazzato, scusate, ma più demoralizzato, le ho spente tutte io.

«Ora lo capite di che sottomondo stiamo parlando? È vita, questa mia, con una simile scimunita per moglie?

«Certo è ancora una bambina, ma non per un fatto d'età, per un fatto di cervello. E a questo difetto non c'è rimedio. Non mi pare molto sveglia, e comunque non vuole imparare mai niente di nuovo, niente d'americano. Nemmeno come si fa il sapone, vuole imparare. Anche solo per curiosità, cazzo, scusate. Invece no, non gliene frega niente, cazzo, scusate.

«La sua scusa era che l'odore del sapone la faceva vomitare, mentr'era incinta. Balle. Eppure io, zitto, fingevo di crederci. Non l'ho voluta forzare, fare la voce dura. È una cosa comune che le donne incinta rifiutino anche cibi e bevande che amano, come il caffè. Poi, appena partoriscono, lo chiedono subito. Io, cara signorina, il sapone me lo mangerei pure, per quanto mi fa sangue. Altro che nespole, peperoni arrosto, melenzane fritte, coniglio alla cacciatora. Sempre mangerei sapone, dalla mattina alla sera, come primo, come secondo, come contorno, come desserte, come digestivo. Come tutto.

«Quando c'è una tale diversità di vedute su questioni fondamentali, come questa, mia cara signorina Flora, non c'è speranza che il matrimonio s'aggiusti. Meglio così. Ormai sono arrivato a questa conclusione.

«Beninteso, non volevo affatto che facesse l'operaia per me, nella mia fabbrica. Quella è una mentalità americana, troppo avanzata per la Sicilia. Qui in Sicilia una moglie non può, non deve lavorare, a maggior ragione la moglie d'un imprenditore ricco, di successo. Ne sarei stato io stesso danneggiato nell'immagine.

«In America sarebbe del tutto naturale, qua sarebbe stato scandaloso, peggio che mafioso. Un marito imprenditore che facesse lavorare la moglie, anche nella sua stessa fabbrica, sarebbe frainteso, criticato, guardato male. In America è la regola. Ma quello è un mondo nuovo, libero, emancipato. Qui sono ancora all'antidiluvio, qui vivono come capre, non c'è volontà d'emanciparsi, di conoscere cosa c'è oltre la terra, gli ulivi, le vigne, i conigli, le galline, le vacche.

«Ma il mondo non è per fortuna solo merda di vacche, merda di conigli, di galline. Il mondo è economia, bisinès, macchine, impresa, pubblicità, santo Iddio.

«Tutto questo me lo sentivo e sono andato in America a verificarlo. Il mondo è veramente come lo pensavo, città, strade, bar, nait, grattacieli, ristoranti, lusso, non merda di vacche. E con questo spirito di cambiarlo il mondo, sono tornato in Sicilia. Ho aperto la mia fabbrica, faccio affari d'oro e ho trasformato garzoni campagnoli in operai qualificati.

«Le mani non me le sporco mai. Non ci penso affatto. Faccio lavorare i miei operai, ma li addestro, uno a uno. Io, e chi sennò? Chi c'è stato in America a imparare, e poi a comandare? Per loro sono un marziano, uno d'un altro pianeta, però, poco a poco, ci prendono gusto. Gli piace la tuta, gli piace, finito il turno, tornarsene a casa con le scarpe pulite, senza merda secca di vacca.»

La sua chiacchiera faceva miracoli. E che miracoli! Persino una del Continente, che ne sapeva più d'un dottore siciliano, lo stava ad ascoltare a bocca aperta. Bisognava procedere, continuare, non dare spazio di replica. Senza dubbio era ormai sulla strada d'un successone personale, che avrebbe lenito la ferita degli ultimi miserabili eventi, come la nascita di quel mostriciattolo, avvolto in tulle bianco, che avrebbe dovuto denunciare all'anagrafe come figlia sua.

«Ecco, signorina Flora, guardate le mie mani, vedete che pelle? Le nutro le mie mani meglio d'un neonato, anche questo l'ho imparato in America. Le nutro con creme a base di grassi vegetali e animali. Tutto studiato, sperimentato da grandi scienziati in laboratorio.

«Ora, solo ora, posso dire d'essere colto, e la cultura è capire quello che serve, impararlo se nuovo, senza demonizzare la novità, come invece fa Gelsomina e quelli come lei.»

La levatrice bionda era già al terzo caffè, mentre Gerri decantava, in un monologo spossante, a volte patetico altre retorico, a volte sociologico altre psicologico, l'America, e ancora l'America, e la cultura americana, che lo aveva salvato dalla vigna, dall'odore del vino, dalla merda di vacca.

«Voi siete colta si vede, e questo mi spinge a farvi una confidenza che non farei a nessuno mai.»

«Neanche a vostra moglie? Lei ne avrebbe tutti i diritti, mentre io sono solo un'estranea, incontrata per caso, in questa evenienza del parto, signor Franzò.»

«È vero, in linea di principio lo condivido. Ma questa è moglie solo per certificato di matrimonio, quanto al resto è cruda, capisce poco, non vuole imparare. Se ne fotte. Non c'è abituata al dialogo, e non vuole abituarsi. Io non torno indietro.

«Allora la confidenza è questa, e non lo sa nessuno. Ancora oggi vomito se solo vedo una bottiglia di vino. Il passato non è una lentiggine sulla faccia, che si può nascondere con una passata di cipria da femmina, cazzo, scusate.

«Avevo sei anni, ero il più piccolo, il più basso, il più magro di tutti. Quando, a tempo di vendemmia, pestavo tutto il giorno uva uva uva, avevo le visioni, mi cuoceva il cervello quell'odore. Prendeva dritto la via dei polmoni e non mi faceva respirare, prendeva la via dello stomaco e mi faceva vomitare, anche le budella. Ma a calcinculo ci dovevo andare lo stesso e portare la paga a casa.

«Per questo sono scappato in America, senza conoscere una sola parola d'americano, senza una lira, senza un mestiere, solo con un paio di scarpe, quelle che portavo ai piedi, neanche nuove, da risuolare. Meglio morire in una città, ho pensato, che morire in campagna, con la merda delle vacche anche sulla faccia.»

Era una scena surreale. Non si sentiva nessun vagito di neonato dentro la culla da ricchi, circondata da volant di pizzo e merletto. Non si muoveva Gelsomina, ma bisbigliava una sorta di rosario incomprensibile. Sopravvissuta, forse per intercessione della Madonna, alla morte, ma non a se stessa. Sconfinata in una follia, o forse redenta da una follia improvvisa, magari da sempre in agguato e che, grazie al trauma del parto, si era infine trovata un varco, quasi un lasciapassare. Nella sua camicia da notte bianca, immacolata, sembrava una sposina o una bambina, il giorno della prima comunione.

A mezzogiorno Gerri andò in fabbrica come sempre, come tutti i giorni. Prima di sbucare dalla curva, ove la vista era impedita, lo prendeva sempre l'ansia. Il cuore cominciava a battere forte, come avesse un cavallo nel petto al posto del cuore e una corrida di paure nel sangue, la paura di non trovarcela lì dove l'aveva lasciata la sera prima, immensa, magnifica, solenne come una cattedrale, con un'insegna colossal di 6 metri × 3, la sua fabbrica di sapone.

E se fosse stato solo un cazzo di sogno, magari provocato dalla fermentazione del vino che, a distanza di anni e anni, agiva nella sua mente peggio d'una droga? Se non ce la trovava più la sua fabbrica amatissima, il suo massimo orgoglio, il suo unico motivo di vita, là dove l'aveva piantata come un'immensa quercia?

Tutto poteva succedere nel cervello, anche quello, sostituire una vita miserabile, ma vera, con una magnifica, ma falsa. Vero era che da due anni, da quando l'aveva fatta costruire, con un progetto americano dalla a alla zeta, firmato da un architetto americano, nato in America, specialista nella progettazione di fabbriche di sapone, ce la trovava sempre, quando la sua macchina sbucava infine dalla curva e, in un solo istante, il cuore decelerava, e lui tornava a respirare normale, a sentirla la felicità invadergli i polmoni, assieme all'odore divino del sapone.

Ma certe allucinazioni, le più pericolose, potevano durare una vita, e poi, magari, svanire in un attimo, senza un perché. E al risveglio? Un dolore insopportabile, una sofferenza peggio della morte stessa.

Presentarsi nella sua fabbrica, a mani vuote, non era possibile. Della nascita della bambina ormai si sapeva. Gli avrebbero fatto gli auguri di circostanza, avrebbero fatto commenti, illazioni a non finire, se lo avessero visto senza il minimo entusiasmo, oltretutto che era la prima figlia.

Così, passato da un forno, in centro paese, non c'era un cazzo di pasticceria, aveva preso 10 grossi vassoi di biscotti secchi paste di mandorla e savoiardi. Avrebbe potuto sfamarci mezzo paese, ma quello era il suo stile, sempre in grande. Che li buttassero o li portassero a casa, non gliene fregava un cazzo.

Tutto doveva sempre essere al massimo, suggerire l'idea della ricchezza, della grandezza, del successo.

Lui, vestito in doppiopetto, sorridente, convincente e i dieci esagerati vassoi di dolci, per oltre venti chili di prodotto, sarebbero stati la migliore pubblicità della sua soddisfazione, della sua contentezza, della sua felicità.

A ogni dolce, che si strafogavano, il pensiero doveva andare, quasi per riflesso condizionato, anche questo lo aveva imparato in America, al suo benessere, al suo successo. Se poi la notte ci morivano, d'intossicazione, di diabete, ancora meglio. Meglio morire d'indigestione che di fame.

Il meccanismo era lo stesso, sia nel bisinès che nella vita privata, lo aveva imparato nei corsi di formazione marchetìnghi, a Chicago. L'occhio di chi guardava doveva essere sbalordito dalle apparenze, e questo principio in America si chiamava strategia di bisinès.

Gli operai gli si fecero attorno per gli auguri, era ormai notizia diffusa che la figlia del padrone era nata. L'esibizione di una così spropositata quantità di dolci li suggestionò a pensare, segno che la strategia era perfetta anche in applicazioni di vita privata, che non ci fosse affatto rimasto male, se questa volta non era nato un maschio erede.

Alle due in punto, cosa insolita, sopraffatto da tanto spreco d'ipocrisia e solo finalizzata a dei cafoni alle sue dipendenze, lasciò fabbrica rappresentanti operai e se ne andò senza meta.

La macchina decise per lui, la macchina decise dove lei voleva andare. Era bello affidarsi a un altro, ogni tanto, pensò, visto che per la delicatezza del suo lavoro non poteva delegare nessuno mai, essendo lui proprietario unico, titolare unico, amministratore unico della *Gerri Soap*.

Non aveva potuto resistere Gelsomina e, nel letto grande dove aveva appena partorito, rischiando di morire dissanguata, lavorava già al suo pezzo di sughero. Scolpiva per bene la testina d'un angioletto, mentre il lenzuolo di lino, bianco e intagliato, scompariva dietro una coltre di trucioli leggeri, avanzi della scultura che, mano mano, s'alleggeriva del sughero superfluo.

La signorina Flora era andata ad assistere un'altra primipara, sperando che anche lei non ci mettesse quasi due giorni a partorire, come Gelsomina.

Luna fu allattata col biberon da subito. Faticava a succhiare, torpida inerte come fosse ancora nel ventre della madre, mentre il latte scendeva a rapide, quasi a soffocarla, dal buco troppo grande, fatto da Ciccina Frensis con un chiodo da muratori, passato al fuoco.

Ci metto una puntina di zucchero dentro il latte, pensò Ciccina Frensis, magari chissà lo sente dolce, ci prende gusto e ci spicciamo. Ma anche con lo zucchero il latte sversava dalla bocca di Luna e, per piccoli sentieri caldi, cagliava sulla sua camicina di batista. Era lenta la bambina, forse non aveva fame, o entrambe le cose. Comunque le faceva perdere troppo tempo.

Pensava ai suoi cinque maschi, nati giganti, che lei stessa aveva allattato, per due anni ognuno, che quasi ci s'affogavano sulla sua mammella, a quant'erano affamati. Con questa, già si capiva subito, c'era da perderci tempo e pazienza. Chissà per quanto sarebbe andata avanti così, se era vero che il buon giorno si vedeva dal mattino e se il passo della piccola era definitivamente quello.

Da subito si vede il carattere, pensò, spiazzata da un fagottino di carne, che non pesava nemmeno due chili, ma già le avvelenava la vita, già le rompeva i coglioni.

Quella merda di Gerri gliel'aveva scaricata, come fosse ovvio, mentre non lo era affatto. C'erano patti da fare, modalità da concordare, e lei non era un'operaia, una della sua fabbrica, cui potesse dare ordini, a rischio di licenziamento se non gli obbediva.

Col cazzo che gli obbediva. Sapeva come trattare le situazioni, dettare le condizioni, meglio di lui, che ai suoi occhi restava sempre e solo un coglione, nonostante i trent'anni passati in America, nonostante il successo, di cui si riempiva sempre la bocca. Lo avrebbe deciso lei come impostare la faccenda, e lui non avrebbe fatto opposizioni. Non protestava il vigliacco, non una sola sillaba, non una sola vocale, quando non aveva alternative. E non ne aveva con un neonato tra i coglioni che, sebbene partorito da una madre giovanissima e viva, era già orfano.

Un caso davvero singolare, quello, a dimostrazione del fatto che si poteva essere orfani, pur avendo padre e madre, seppure un padre e una madre per modo di dire, solo di facciata, com'era successo a Luna.

Suo padre scappava con la scusa della fabbrica, sua madre, che non aveva scuse, scappava lo stesso, pure inchiodata a letto, e dava cuore petto e cure solo al suo angioletto di sughero, ormai quasi del tutto scolpito.

Le diede un'occhiata, d'affezionarsi non se ne parlava proprio. I sentimenti lasciamoli stare, concluse lapidaria tra sé. Era già stanca dei suoi cinque figli, che ormai però erano cresciuti. Se con Gerri, ch'era una testa di cazzo, non avesse raggiunto un buon accordo economico, da lei deciso, gli avrebbe mollato la figlia senza scrupoli, stile americano. *Sorri*, come diceva lui, quando era un «no».

Al tot di soldi, cui già stava pensando, pagamento settimana per settimana, avrebbe aggiunto un tot doppio extra, perché la bambina era lentissima a succhiare.

La guardò mentre il biberon le si svuotava sul coprifasce bianco. Era proprio minuta, un coniglietto, una carnagione chiara come sua madre Gelsomina, ma non si capiva nemmeno se era bellina o no. Senza carne la bellezza era solo un coccio di vetro, non un brillante.

Gerri era un gran bastardo. Non era mai stato generoso con lei e i suoi figli, quand'era in America, e neanche ora, da che era tornato. Solo che i suoi tre figli grandi già lavoravano da lui, in fabbrica, a paga fissa, mentre i due piccoli avevano preferito la terra, l'aria, il sole, le ginestre profumate, la menta e il pistacchio. E lavoravano da contadini, in libertà, comandati solo dalle stagioni, dal sole, dalla pioggia.

Di suo marito, morto molti anni prima di malaria, non aveva nemmeno una foto. Se lo ricordava alto, robusto, scuro, un picciottone, ma poi chissà se era vero. Il tempo che passava, i dispiaceri, logoravano la grana dei ricordi, come la pietra logorava la tessitura dei panni da lavare.

Aveva lasciato a lei il carico di 5 figli, piccoli e orfani. Un tradimento. Per fortuna o per provvidenza, una coppia di cugini di primo grado, che non avevano avuto figli, e se la passavano bene, l'avevano aiutata, con soldi e mangiare. Così i suoi figli erano cresciuti senza che mai gli fosse mancato da mangiare e da vestire. E siccome erano parenti di suo marito, grazie a questo, lo aveva un poco perdonato del tradimento d'essersi rifriscàto morendo, lasciando a lei tutto il carico di spine.

Solo in vista del Paradiso, probabilmente, i due avevano fatto questa buona azione, perché era stato chiaro, fin da subito, che né lui né lei amavano i bambini, e sembravano proprio sollevati di non averne avuto. In certi casi la sterilità era davvero una benedizione. Avevano però tanti soldi, troppi per loro due, così ogni tanto facevano del bene, ma più per garantirsi il Paradiso.

Gerri dall'America aveva mandato solo un vaglia a Pasqua e uno a Natale, e solo il primo anno, giusto per le spese del funerale e il loculo da poveri nel colombario.

Preoccupato solo di risparmiare danaro per la sua fabbrica, di non distogliere in altre spese nemmeno un dollaro, il bastardo sapeva però assai bene di non potere mai più tornare in Sicilia se, per mancanza dei soldi necessari per la sepoltura, il cognato fosse stato seppellito in una fossa comune. Da quelle fosse, quando pioveva per giorni e il terreno sbriciolava, spuntava dal fango qualche osso, un femore, un braccio, ma anche una testa, e non si sapeva di chi fossero.

Se c'era il custode dal cuore più tenero, ricacciava l'osso nella fossa, premendo il terreno con la forza dei piedi, se c'era l'altro, ch'era senza cuore, finiva in discarica tra garofanelli e crisantemi secchi.

Risparmiando anche sui morti, ce l'aveva fatta Gerri a costruire la sua fabbrica di sapone. Dopo appena due anni, la vendita dei prodotti era spaventosa in tutta la Sicilia e, di mese in mese, crescevano gli operai come crescevano gli affari. Ma nulla era, nella sostanza, veramente cambiato.

Spendeva e spandeva, perché tutti vedessero, sbalordissero, assecondando il concetto della strategia d'immagine, ma in realtà era parsimonioso, tirato, o forse più depresso, ma guai a dirglielo. Scongiurava anche solo l'ipotesi che qualcuno lo potesse supporre, sarebbe stata una lebbra per i suoi affari. Il principio della fine.

Tutti volevano fare affari con uomini di successo, in buona salute, allegri, chiacchieroni, anche un po' spacconi, ma mai depressi. Mai silenziosi, mai pensierosi. Agli affari faceva male il pensiero. Solo l'azione faceva bene. Quindi bisognava operare, e ridere, ridere sempre, anche col cuore a fette.

Qualche volta lo sentiva piangere, un lamento leggero, soffocato sotto le coperte, tanto che, per qualche secondo, non si regolava se fosse davvero Gerri a piangere o Janetto, il gatto maschio.

Non s'azzardava mai però a chiedere. L'avrebbe presa per pazza, per visionaria, diffidando del suo stesso sangue, e per giorni l'avrebbe guardata storto, come chi portasse jella.

Chissà poi perché cazzo piangeva. Sicuramente non per debiti. Forse perché gli mancava davvero questa cazzo d'America, che aveva sempre in pizzo di lingua, poi magari era altra la verità, come in tutte le cose.

Quello che esce fuori, questa la filosofia di Ciccina Frensis, non è mai quel che resta dentro. Forse non c'era neanche inganno, solo che, nel passaggio dal dentro al fuori, le cose si trasformavano, si mascheravano, prendevano un volto diverso, magari opera d'un invisibile meccanismo che operava, trasformava, non a inganno, ma a tutela.

Due gelsi giganti, rosso e bianco, annodavano i loro rami in un trionfo superbo di frutti, rinfrescati e inquietati da un nervetto di vento dolcissimo.

Quando aveva costruito la casa e i magazzini, Gerri aveva alterato il progetto, spostandone le fondamenta in un passo svallato, scosceso, ma non aveva avuto cuore d'abbattere i due alberi magnifici, vecchi e giganti, per cui aveva avuto un vero colpo di fulmine. Per quei due gelsi aveva comprato tutto il terreno, anche quello che non gli serviva, senza contrattare sul prezzo. L'amore, il sentimento, andavano assecondati qualche volta, senza esagerare, comunque.

La sua era stata una decisione sentimentale, ma non si poteva fare tutto per bisinès.

Il bisinès era la regola, il sentimento era l'eccezione, e andava preso in minime dosi, quando non se ne poteva fare a meno. Quella di salvare la carne dei gelsi, di non farne mattanza, era stata una magnifica eccezione, di cui non s'era ancora mai pentito.

Erano i suoi gioielli di natura, rubini e brillanti, quando il Sole vi s'arroccava, alle due del pomeriggio, declinando il suo amplesso di luce. Nessuna scure mai avrebbe infierito su quelle magnifiche creature, per cui provava un sentimento di riconoscenza, d'emozione, d'affetto che, invece, non provava per i suoi cinque nipoti, nati grassi, né per sua sorella Ciccina Frensis, né per la sua pazza moglie Gelsomina.

Quasi due mesi erano passati dal parto. Ognuno aveva ripreso la sua strada, come niente fosse stato. Gelsomina quella della scultura, del legno, del sughero e del Cimitero, che ormai era la sua vera casa.

Gerri, quella di sempre più arditi successi imprenditoriali. Ormai all'apice del successo, si dedicava, anima e corpo, a una linea di saponette nuove, colorate, profumate, cui aveva dato il nome di sua figlia, Luna. Tra qualche mese le avrebbe commercializzate e, sicuro d'un successone, lavorava già con entusiasmo al lancio pubblicitario.

Ognuno aveva avuto quel che voleva. Anche Ciccina Frensis. Uno stipendione aveva avuto, con il ricatto di mollarlo da solo, con una pazza e una neonata, se appena appena fiatava, se appena appena prendeva tempo in inutili contrattazioni. E Gerri aveva ceduto, proprio senza fiatare.

Luna cresceva poco, in modo quasi impercettibile a occhio nudo. Era sempre difficile allattarla col biberon, ci metteva ancora un tempo infinito a mandare giù qualche goccia di latte. Lo sputava, lo vomitava, tossiva. Però, in compenso, tranquilla dentro la sua culla da ricchi, scompariva tra il tulle per giorni interi, non piangeva mai e, se accennava a piangere, bastava solo darle la voce *arrivo arrivo* e lei si riaddormentava, ch'era una benedizione.

Comunque, per quanto faticasse a nutrirla, poi chissà magari tutte le femmine erano così, lei aveva avuto solo maschi, Luna era la sua rendita a vita, o quasi.

Magari poi, quando fosse cresciuta, tra qualche anno, nasceva un maschio, e lei avrebbe allevato entrambi, fratello e sorella.

Il problema dell'erede maschio non era cosa da poco. Era cosa seria. Da chi doveva essere guidato, un domani, un simile patrimonio? Chi avrebbe potuto garantirne la crescita, l'ammodernamento dei macchinari, la professionalità degli operai, e tutto il resto?

Non era cosa da donna la fabbrica e tutto quello che comportava, badare con gli operai, trattare con i rivenditori, cercare sempre nuovi mercati, espandersi. La *Gerri Soap* faceva solo ingrosso e vendeva alla grande in tutta la Sicilia.

Gerri, proprietario e amministratore unico, non si fermava mai. Inventava di continuo forme nuove di saponetta, nuove confezioni di lusso, con nastri di raso, di seta, di merletto. Nastri colorati, preziosi, sofisticati, capricciosi, accanto alla linea base, elementare, di poco prezzo, per chi non poteva spendere. Tutto sempre secondo il criterio della diversificazione, che aveva imparato in America e che anche in Sicilia, da lui introdotto, funzionava già a meraviglia.

Il battesimo di Luna si fece il 24 giugno, coincideva con il primo anniversario di matrimonio di Gerri, celebrato nella stessa Chiesa Matrice.

Sull'altare c'erano fiori esuberanti magnifici, un'infiorata di lusso, non fiori poveri dell'orto, ma commissionati da serre del Continente, come neanche ai matrimoni se ne vedevano. Tutto l'addobbo della Chiesa era stato curato dal migliore fioraio di Palermo.

Un trionfo di ceri, di tutte le taglie, fino a due metri, un coro di trenta bambini vestiti in tunichetta da prima comunione, e chili di essenze di lillà, borotalco, gelsomini, per contrastare le muffe dei muri. Le stesse essenze che Gerri usava per confezionare saponette da toletta, solo in dosi massicce.

Luna, piccola com'era, scompariva nel vestito del battesimo, d'organza e tulle, tutto volant e ruche, d'alta sartoria, costosissimo quanto spropositato per le sue dimensioni.

Per principesse, gli avevano detto in atelier. Benissimo! E non era forse una principessa la sua, figlia di Gerri Franzò l'americano, re del sapone?

Con questa certezza, che accresceva la sua autostima, già alle stelle, e ratificava il suo successo, lo aveva comprato subito, il vestito da principessa, senza discutere sul prezzo, assai più costoso d'un vestito da sposa, soddisfatto al pensiero che, in paese, con quella cifra ci si potevano sposare almeno cinque spose di discreta condizione economica.

La cuffia di seta, troppo grande per la testolina di Luna, scivolando fin sopra il naso, le nascondeva metà della faccia. Non era a misura per lei, la sua testa minuta si poteva contenere nel pugno d'una mano. Era invece a misura perfetta d'un neonato di peso medio, a passo con una normale crescita.

Al fonte battesimale non aveva pianto, non un minimo segnale di fastidio, quando l'arciprete, con un mestolo d'acqua sulla testina, l'aveva quasi annegata.

Quello scorfano col diabete, che giocava d'azzardo alla zecchinetta, si era scordato delle sue raccomandazioni. Pezzo di merda! Doveva solo far finta di bagnarla, la bimba, qualche goccina al massimo, giusto per le foto. Invece l'aveva quasi annegata, versando di botto sul suo faccino tutta l'acqua che si poteva contenere in quel mestolone d'argento. E che cazzo di peccati poteva mai avere un'innocente?

Lui, peccatore incallito, giocatore, bestemmiatore, porco, truffatore, l'aveva quasi uccisa, eppure Luna non aveva protestato, forse troppo debole anche per protestare.

La messa del battesimo era quella di mezzogiorno, la più affollata, di domenica. Ottimo!

Lo spettacolo era riuscito alla perfezione. Tutti avevano ammirato l'addobbo floreale, mai visto in paese uno simile, tutti si erano mangiati il fegato per non essere andati in America come lui a fare fortuna, a fare bisinès. Tutti si maledicevano per essere rimasti in paese a spalare merda di vacche e capre.

Asini, ignoranti, cafoni, che pensavano una simile minghiata! L'America non faceva miracoli collettivi. Non era una garanzia di successo andare in America, se uno non aveva di suo un grande cervello, un grande spirito d'iniziativa, di sacrificio, un grande talento, una grandissima apertura al Futuro. Quegli ingredienti erano indispensabili, e lui ce li aveva tutti, l'America glieli aveva solo fatti scoprire. L'America era stata la sua levatrice, in un certo senso.

Come madrina di Luna, aveva scelto la figlia d'un ricco stimato notaio. Anzianotta, un po' ritardata, grassa, obesa, che sudava sempre in modo spropositato, quasi che il grasso in eccesso si fosse aperto quella via, quel varco d'evasione, per fare spazio ad altro grasso nuovo.

Viveva col padre, ottimo notaio d'ottima famiglia, e aveva nelle vene un quarto di sangue blu, da parte di madre.

Anche la moglie del notaio aveva avuto una rotella fuori posto, ma in compenso era nata con un paio di litri di sangue blu, che era il sangue dei nobili. Sangue raro. Per questo il notaio l'aveva voluta in moglie, anche se molto disturbata di testa, e Gerri aveva voluto la sua unica figlia, Caterina, come madrina per la sua Luna. In un paese di contadinotti con sangue villano, rossovivo, faceva una gran bella impressione il sangue blu.

Mentre si celebrava messa, guardando Caterina, grassa quanto penosa, Gerri aveva pensato che almeno, a quella ritardata, qualcosa di buono, di sua madre, morta assai giovane, era rimasto. Un sangue blu che, se non si poteva vedere a occhio nudo, amplificava comunque la stima della razza e creava invidia, perché neanche la più grande ricchezza consentiva al sangue di cambiare colore, passando addirittura dal rosso al blu.

Invece, alla sua Luna, niente, né una madre né una goccia di sangue blu. Un sangue qualsiasi, da morti di fame, da villani, rosso come ce l'avevano tutti.

Il giorno del Battesimo, Gelsomina, per la scena della cerimonia e le foto, era stata vestita come una signorona dell'alta società palermitana.

Abito e soprabito in prezioso macramè, scelto dal marito in persona, sempre a Palermo, nella migliore sartoria. A vederla sembrava normale, anzi bellissima, almeno un palmo più alta di lui e con un magnifico chignon di boccoli biondi, acconciati da una brava parrucchiera, venuta da fuori.

Bellissima era, e lui proprio per quella bellezza, per quella giovinezza, si era fottuto, pensò Gerri, impegnato a tenere tutto sott'occhio, ogni più piccolo dettaglio della cerimonia.

Ma, pur avendo al braccio una preziosa borsetta di seta e passamaneria, da vera signora, quella pazza di Gelsomina non si era portata appresso, in chiesa e di nascosto, una grande sacca di pezza, con due tre teste di sughero, già scolpite, già pronte per il Cimitero?

Gliel'aveva fatta sotto il naso, cazzo, un attimo che aveva girato il culo e le aveva tolto gli occhi di dosso.

Il sangue gli si fece acido, rischiava l'infarto. Ma, cazzo, poteva vigilare su ogni cosa, fiori, ricevimento, invitati, bomboniere, confetti, vestiti, ceri, pubblico e, contemporaneamente, non perdere mai d'occhio gli affari, la fabbrica, il bisinès?

Era troppo e, poi, queste erano cose da femmina. Fortuna che in America aveva imparato lo stile unisecsi, fare da maschio e da femmina, al bisogno. Ma nella sua strampalata famiglia il bisogno era una costante, non un'emergenza.

Il veleno dell'amarezza arrivò subito al cuore, che vi galleggiò pericolosamente, ma un attimo dopo pensò che, abbagliati da tanto lusso, nessuno aveva fatto caso a Gelsomina, se non lui.

«Che magnificenza, che cerimonia di lusso, che ricevimento regale, compare. Neanche i principi di Salaparuta potrebbero fare di più e meglio. Voi sì che sapete vivere alla grande.»

Quando il notaio lo disse, davanti a tutti, Gerri si sentì ripagato in pieno per la sua efficienza da vero imprenditore. Aveva curato ogni minimo dettaglio del cerimoniale, non aveva lasciato nulla al caso né a Ciccina Frensis, che era donna solo nei certificati dell'anagrafe, ma non certo donna di classe.

Il pranzo strabiliante, le portate non si contavano, era stato servito nel grande giardino della casa. Trenta camerieri per trenta invitati, di modo che ogni ospite avesse un suo tutore per l'acqua, il tovagliolo pulito, la forchetta, il coltello d'argento. Pochissimi gli ospiti, perché tutti gli esclusi, pur se ricchi e assai noti, si sentissero merda e, comunque, inferiori a lui, solo in quanto esclusi. Anche quello era un magnifico sociologico concetto imparato e importato dall'America.

Per tutto il tempo c'era stata musica, un'orchestra magnifica con quaranta orchestrali, disposti su un grande scenografico palco, costruito solo per l'occasione.

Nell'aria calda di giugno odori di fresie gigli aragoste scampi duellavano furiosamente. La bimba, ben protetta dalle zanzare con una tendina di tulle, dormiva col sole alle spalle, senza mai piangere, nella sua carrozzina di lusso, di pelle blu, su ruote altissime, all'uso americano. Poggiato sul petto piccino, perché gli invitati potessero ammirarlo, il collier d'oro e brillanti, dono di battesimo della madrina Caterina.

Gli ospiti si erano forse accorti dell'assenza al pranzo di Gelsomina, ma nessuno sembrava farci caso, nessuno faceva domande. Nessuno la teneva in considerazione, se non in quanto piccolo trascurabile fastidio, capitato a un uomo che del resto aveva tutto e non aveva nessun'altra macchia.

Oramai era storia consolidata che Gelsomina avesse perso del tutto la testa, a causa del parto. O forse era stata sempre così dalla nascita, e Gerri l'aveva sposata non immaginando mai il grave difetto.

Si raccontava in paese che, di lunapiena, se ne stava tutta la notte in cortile a parlare con quella che ormai pensava fosse la Madonna, la sua amica Madonna.

«Un uomo non si giudica mica dalla moglie che ha, caro compare Gerri» gli disse in complicità il notaio, pensando anche alla sua, per fortuna morta giovanissima. «Le mogli sono come i cocomeri, prima di spaccarli in due nessuno sa cosa c'è dentro, se la polpa è rossa e dolce, oppure se ha sapore di zucca, di cucùzza, come la chiamiamo noi in paese. Un uomo non si giudica mai dalla moglie che ha, quello è un fatto di sorte, ed è comunque un fatto trascurabile. Un uomo si giudica invece solo dalla sua tempra, solo dai suoi affari. E voi siete un numero uno, nella tempra e negli affari.»

Il notaio Zambò lo rassicurava riguardo alla disgrazia d'una simile moglie, ma a lui non gliene fotteva un cazzo. Anche il notaio, che pure aveva studiato fino alla laurea, era rimasto paesanotto, tutto d'un pezzo, se davvero pensava che lui potesse avere quel tipo di paura, quel tipo di pensiero di merda.

Si vedeva che non aveva passato lo Stretto, che stava col culo scotto sulla poltrona a pubblicare atti, che non c'era mai stato in America, e quindi non si era evoluto. Aveva la più grossa clientela della provincia, ma nella testa era rimasto un coatto di paese. Sorte comune a quanti non viaggiavano, non conoscevano mentalità nuove, evolute, non respiravano il Futuro, la Modernità.

Di fronte a una fabbrica come la sua, la *Gerri Soap*, che vantava modernissime attrezzature per la bollitura, la cottura, il lavaggio, l'asciugatura, la confezione del sapone, attrezzature faraoniche, più impressionanti dei Fori Imperiali e del Colosseo stesso, scompariva ogni debolezza, anche solo l'ipotesi d'una sua debolezza. Un'organizzazione imprenditoriale di quel tipo cancellava ogni neo, ogni pecca, ove ci fosse stato un neo o una pecca. Faceva scomparire persino una moglie pazza e una figlia, femmina e rachitica.

Però Luna, se non aveva i chili giusti, aveva gli occhi giusti, la pelle giusta, il nasino giusto, la boccuccia giusta. Occhi celestone, proprio come quelli delle bambole americane, che sembravano di carne vera, e avevano occhi di vetro più belli ed espressivi degli occhi veri di natura.

Minghia! una bambola sembrava, Luna, nella veste del battesimo. Fosse effetto del tulle, del merletto, poco importava.

Cazzo! Che idea geniale gli era venuta in mente per pubblicizzare la nuova linea di saponette profumate, e in un attimo. Una botta di genio, tipica del suo talento. Il nome della linea era lì «Luna», davanti ai suoi occhi, senza spenderci una sola lira.

Pronto era, perfetto come nessun altro, *Baby Luna* o *Luna Doll*. Che genio! E senza faticare, senza spremersi le meningi. Senza spendere un centesimo! Un talento naturale il suo, per la pubblicità.

Nel bianco dei lenzuolini ricamati, dentro la carrozzina, già dal tardo pomeriggio, mentre gli ospiti si congedavano da Gerri, magnificando l'eccezionalità dell'evento, il faccino di Luna sembrava una rossa macchia di papaveri, di quei papaveri che, proprio tra maggio e giugno, vivevano in campagna i fasti d'un'effimera bellissima vita, destinati a non invecchiare mai. A morir giovani di giovinezza. A morire giovani, color del sangue. Una meraviglia che invece non capitava agli esseri umani. Diventavano brutti sfatti vecchi, sfregiati dalla vecchiaia e vecchi morivano di vecchiaia, se scampavano alla malaria, alla polmonite, alla tubercolosi, all'artrite, al diabete.

Nella penombra del lume, Ciccina Frensis non s'era accorta di niente, ma, quando aveva tirato fuori dalla carrozzina la bimba, quasi non c'era morta per lo spavento.

Della sua pelle, chiara e immacolata, come quella di sua madre Gelsomina, non era rimasto un solo centimetro.

Sembrava un pezzo di lacerto di manzo, non più il volto candido d'una neonata. Le sue carni non avevano più un colore umano. Nulla mai aveva visto di simile, eppure aveva cresciuto cinque figli.

Gridò *Gerri*, ma più per istinto, per disperazione, sapeva che Gerri se n'era andato, dopo il pranzo del battesimo, assieme agli ultimi ospiti, chissà dove, chissà con quale puttana di turno, che poi, quando si stufava, piazzava in fabbrica, per levarsela dai coglioni.

Luna sembrava una bambola di panno lenci, colore del cuore di coniglio, ancora caldo dello sparo, che quasi batteva ancora nella padella, quando lo friggeva con un filo d'olio, sale, e pepe macinato con la pietra.

Forse Luna si era ustionata al sole, ma lei era stata attentissima a coprirla con il lenzuolino, a mettere la carrozzina in modo che avesse il sole di spalle, non in faccia. La toccò, la spogliò tutta, come aveva fatto con i suoi figli, quando bruciavano di febbre, perché mettevano i denti, o avevano la gola gonfia. E la febbre scendeva, poco dopo.

Ma la bambina non aveva febbre, la sua pelle era fresca. Non c'era traccia di calore sul suo corpo che, nudo, non era più grosso d'un coniglietto.

Ah, Madonna dell'Aiuto, poteva dunque riprendere fiato. Non era colpa sua, non era stata distratta. Che la bambina non si era bruciata al sole, lo diceva la pelle fresca. Ma allora?

Di attimo in attimo la pelle di Luna si trasformava velocemente sotto i suoi occhi, come se un invisibile mago facesse, su di lei, tirocinio di magia e maleficio, per poi, dopo l'esercitazione, restituirla come prima, con la sua pelle candida di neonata, e sentirsi dire *Bravo Bravo* tra gli applausi di tutti, che ammirati tiravano un sospiro di sollievo.

Cominciò sulle gambe, sulle braccia, in un baleno invase tutto il piccolo corpo. La pelle si sollevava, eruttava spaventose vesciche, tumefazioni e, dove non era ancora minacciata solo un attimo prima, lo era un attimo dopo, sfregiata, assediata da un maleficio, cui non si poteva dar nome.

Forse lo stava sognando tutto questo, forse era solo un

incubo. Magari la bambina con il suo pianto, di lì a poco, l'avrebbe risvegliata, pensò Ciccina Frensis e, tirando un grosso sospiro di sollievo, avrebbe potuto riderci sopra, uscire fuori dall'incubo, e allattarla col biberon.

Ma Luna restava immobile, rossa per l'incendio delle carni, color corallo cupo e, per quanto provasse a sollevarle le palpebre, le palpebre restavano cucite, e invisibili gli occhi al di sotto di quella prigionia. Né si vedeva una sola scintilla di quel celestone brillante, che aveva preso tutto da sua madre.

Dunque la bambina era morta. Questa era la verità. Non c'era altro da pensare, forse per la puntura d'un'ape. Aveva sentito dire di qualche simile caso improvviso, mortale anche per gli adulti che, soffocando, morivano in pochi minuti, paonazzi per la mala morte.

Le toccò i piedini, freddi immobili, non c'era reazione. Erano però gonfi, come tutto il corpo che, solo ora, sembrava del peso perfetto per una neonata di quasi due mesi.

Si sentì una merda, perché soffriva al pensiero che la sua rendita fosse finita così presto, e proprio ora che ce l'aveva in pugno, suo fratello Gerri. Ma un po' soffriva anche per la bambina, per come s'era sfigurata, per come nulla aveva senso.

Chiamò gridando «Gelsomina!», e Gelsomina arrivò. «Tua figlia è morta. Morta lo capisci?» E gliel'allungò sulle braccia, inconsciamente ratificandone col gesto, per la prima volta, la sua invisibile rinnegata maternità.

La prese Gelsomina sulle braccia e con la figlia, nuda com'era, gli occhi chiusi com'erano, scomparsi sotto le palpebre, andò fuori in cortile, al chiaro di luna. Era notte di lunapiena, come quando la bimba era nata.

La offrì, quasi con un gesto di devozione, alla Luna in cielo, che le illuminò entrambe, madre e figlia. Sotto quella luce la bambina non sembrava più sfigurata, insanguinata, bruciata.

«Che fai, non vedi che è morta, Gelsomina?» gridò, più per istinto, Ciccina Frensis.

«Alla Madonna la do, che la sveglia subito, anche se è morta. La Madonna comanda anche la morte, e la morte ubbidisce. Si fa come dice la Madonna. Ora sssszzzz.» Le ordinava di stare zitta con un sibilo delle sue labbra, che suonarono come uno zufolo.

Era sempre più convinta Gelsomina che la luna fosse la Madonna, con una faccia grande, tonda e simpatica. Né mostrava segni di dolore o di spavento. Solo teneva la figlia alta alta, sulle sue braccia alte alte, a rischio di scavernarne l'omero, mentre farfugliava chissà cosa all'ignara accecante Luna.

Cominciò a piangere la bimba, un pianto forte e improvviso, come nemmeno alla sua nascita. Senza pianto era nata, con un lamento da gattina più che da cristiana.

Piangeva, non era dunque morta, ma il suo corpo era sempre piagato, tumefatto, non c'era stato un cazzo di miracolo, pensò Ciccina Frensis. I miracoli non si fanno a metà.

Se davvero ci fosse stato un miracolo, un'intercessione della Madonna, sarebbe risuscitata con la sua pelle bianca, morbida, colore del borotalco. Invece no. Tutto era come prima. Semplicemente che, quando l'aveva creduta morta, non lo era ancora.

Sei mesi erano passati. L'autunno aveva cancellato ogni traccia dell'estate, furiosamente, dopo l'azzanno d'un unico acquazzone d'agosto, senza quegli scampoli di scirocco che duravano, in genere, fino alla vendemmia. Sebbene fosse dicembre, l'aria era ancora magnificamente calda come in settembre.

I segni delle ustioni sulla pelle di Luna erano scomparsi, quasi assecondando il ritmo delle stagioni, la trasformazione dei rami arsi dell'inverno, di cui non c'era più traccia sotto la foglia della primavera.

La pelle aveva ripreso il suo colore candido, ricostruendosi da sé, non frutto d'un miracolo, ma d'un lavoro che, spontaneamente, faceva la pelle quando veniva mortificata, sfigurata.

«Poco a poco, non resterà nessuna traccia sul suo corpo. Prenderà il colore di prima, la pelle lavora bene, è progettata a far questo, a rigenerarsi. Però, cavaliere Franzò, devo avvisarvi ed essere chiaro, da uomo di scienza. Il problema di vostra figlia non si risolve, non si risolverà mai. In capo al mondo la potete portare, neanche l'America ci può nulla con questa malattia. Se ne sa pochissimo, non c'è una cura, e pochissimi sono i casi in tutto il mondo. Almeno i casi denunciati, magari altri bimbi sono morti in mancanza di diagnosi. Non avete nulla da rimproverarvi, siete stato un padre eccellente, non vi siete fermato un attimo, ma ora vi dovete fermare davanti alla verità.»

La diagnosi del professore, luminare dell'università di Palermo, era stata dura chiara severa. Lo aveva detto da luminare, senza girarci attorno, senza sfumare, seppure con modi gentili. Ma lo aveva detto. Luna, sua figlia, non sarebbe guarita mai.

Non c'erano stati malefici, dunque non ci sarebbero stati miracoli. Oh, se solo fosse stata sotto una majarìa la bimba, magari in odio a lui che era ricco, in odio a lui che era un dio del bisinès, avrebbe rivoltato la Sicilia tutta per trovare il massimo esperto in esorcismi contro il malocchio e lo avrebbe pagato a peso d'oro.

Invece no, la sorte troia gli rideva in faccia, gli sputava in faccia una malattia contro cui non valevano tutti i suoi danari. Né valeva tutto il successo realizzato, quel successo che, solo tre mesi prima, lo aveva insignito dell'onorificenza di Cavaliere del Lavoro.

Luna aveva una malattia, grave rara incurabile, e l'avrebbe avuta per tutta la vita. Ci sarebbe morta con quella malattia, e anche dal Padreterno si sarebbe presentata con quella bastarda malattia che le covava nel sangue, già prima che nascesse.

«Ve lo spiego in modo semplice, Cavaliere. Inutile approfondire il discorso da un punto di vista scientifico. Questo di vostra figlia è il primo caso che vedo nella mia carriera, e ho quasi quarant'anni d'attività, e migliaia di pubblicazioni nelle migliori riviste scientifiche.

«Ho visto di tutto, ma mai un simile caso. Quand'ero studente in Medicina, a Roma, un'università prestigiosa, i testi non ne facevano nemmeno cenno. Solo studi recenti ne parlano appena, in modo poco approfondito, ma sufficiente per farmi fare la diagnosi alla bambina. Si tratta di una malattia ancora oggetto di studio in fieri, non so se mi capite.

«Della stessa malattia ci sono forme più aggressive o meno aggressive, questo è certo ed è documentato.»

Finalmente, dopo mesi d'ospedali analisi e false diagnosi, era riuscito ad avere una spiegazione, una diagnosi seria, e cosa veniva fuori, cazzo, che non c'era soluzione, che sua figlia era condannata a vita. E lui pure.

«Solo col tempo capiremo, sottoponendo la bambina ad esami appropriati, se ci vede ancora, oppure se il nervo ottico ha subito danni permanenti, per sempre, che in altri termini significa cecità.

«Se avrete fortuna la piccola ci vedrà, una vista magari più debole, da ipovedente. Di sicuro c'è che, per la sua malattia, il sole è scatenante, responsabile unico. Il sole è veleno. Il sole è il suo assassino. Ve l'ammazza il sole, vostra figlia, se non la proteggete. Lei e il sole non si dovranno incontrare mai, mai, mai.

«Vostra figlia potrà uscire, ma badate bene, solo e sempre di notte, solo se c'è la Luna. Solo se c'è la Luna.

«E non vi illudete col discorso dell'ombra. Anche all'ombra ci sono raggi, raggi pericolosissimi per la bambina, raggi che non si vedono a occhio nudo. Ora sapete dunque cosa fare, come proteggerla, da chi proteggerla.

«Quanto al resto non c'è da temere. Vostra figlia avrà l'intelligenza che doveva avere, il carattere che doveva avere, perché questa malattia non intacca il cervello, né indebolisce la mente. Il cervello si sviluppa normalmente. Può imparare a leggere, se non è cieca, a scrivere, anche a studiare per cultura personale, se è dotata per lo studio. Non vi mancano di certo mezzi per farla studiare privatamente, a casa. Quanto al resto, dunque, la bambina avrà una vita normale.»

Cazzo, ma come si faceva a definire normale una cazzo di vita simile. O mai god, pensò in americano Gerri, mentre il luminare riabilitava il suo linguaggio autorevole e professionale, dopo una momentanea, ma necessaria, debilitazione, al fine d'essere chiaro e non perdere troppo tempo.

Aveva già la sala d'aspetto piena di pazienti, in attesa di visita, e ben sapeva per esperienza che, di fronte a diagnosi di questo tipo, i genitori non si schiodavano manco ammazzati dalla sedia come se, restando, si potesse cambiare la diagnosi, o trovare miracolosamente una cura.

Gerri toccò nella tasca la sua mazzetta di banconote. Era grossa. Gli dava coraggio sapere che poteva almeno e sempre contare sul suo danaro.

Chissà, magari col tempo, si sarebbe studiata la malattia e trovata una cura. Come progredivano i macchinari per le fabbriche, così sicuramente avveniva in medicina per le malattie nuove e rare.

Bisognava aspettare un poco, non perdere la speranza. E lui era bravissimo in questo, non aveva mai perso la speranza di cambiarsi la sua merda di vita da garzone, e c'era riuscito benissimo, tanto che ora era pure Cavaliere.

Il ricordo dell'onorificenza gli diede coraggio, ma non tanto da non chiedere altre cose, di cui già sapeva la risposta.

«Ma come, professore, deve vivere al buio mia figlia, tutta la vita? Anche di giorno con la luce della candela, o del lume a petrolio? E come si fa con un bambino a levargli la corsa, il sole, il mare? Voi pure siete stato bambino...»

«Certo così deve vivere per non morire, con il lume a petrolio o la candela, se ancora al paese vostro non avete la corrente elettrica, come ce l'abbiamo qua in città.»

Cazzo di Sicilia, non c'era ancora la corrente elettrica

nel suo paese, mentre in America c'era, eccome. E pure a Palermo.

«Caro Cavalier Franzò, ripeto Sole MAI» disse il professore, scandendo lentamente, ma con tono autoritario, l'avverbio mai.

«Mai, se non volete altre simili devastazioni sulla sua pelle, o peggio, la sua morte. Un'altra crisi come la prima e la figlia vi muore. Lo so è difficile da digerire, ma sono disgrazie che capitano. Sapeste quello che vedo nella mia professione. Anzi, voi siete ricco e vi potete attrezzare la casa per la bambina, farla studiare, curare la sua personalità, assicurarvi che non muoia, che diventi vecchia come tutti, o magari muoia, ma non di questa malattia. Un padre questo vuole, che i figli non muoiano mai prima dei genitori.»

Ma questo veramente voleva lui, voleva davvero quello che tutti i padri volevano per i figli? si chiese Gerri, mentre il luminare gli stringeva la mano, grato perché gli aveva dato il doppio richiesto per la visita. Si vedeva a occhio che, per uno come il dottore, il danaro era l'unica carta di presentazione che potesse davvero impressionarlo, altro che le onorificenze.

La sua vita si complicava enormemente, tutto diventava difficile, ingestibile. Il problema non riguardava la sua fabbrica, dove, se qualche passaggio nella produzione difettava, sapeva subito dove intervenire, sapeva subito cosa fare.

La morte di sua figlia Luna avrebbe posto fine alla sua angoscia di padre. Ma se la bambina fosse morta, la sua morte avrebbe mandato all'aria la linea *Baby Luna Soap*, *Luna Doll Soap*, già pronta per essere lanciata sul mercato e sbaragliare, facendo affari d'oro.

Ormai tutto era pronto, pronte decine di migliaia di saponette, linea lusso e linea economica, saponette con il viso di Luna stampato sopra a colori.

Rischiavano d'andare in fumo sei mesi e passa di lavoro, infinite prove per individuare il profumo giusto, come pure il marchio registrato, le prenotazioni alle stelle, la pubblicità curata nei minimi dettagli.

Un investimento senza precedenti per la *Gerri Soap*, un'operazione di marchetìnghi, in perfetto stile americano, in vista di guadagni sicuri.

Se Luna fosse morta, se un miserabile raggio di sole l'avesse solo sfiorata, tutto sarebbe andato a merda.

E come si sarebbe potuto reclamizzare una saponetta, miracolosa per la pelle, con l'immagine d'una bambina morta, per di più morta d'una malattia che la pelle gliel'aveva devastata come lebbra?

Questa era un'altra maledizione, che, di tutte le malattie dei bambini, la malattia di sua figlia colpisse giusto la pelle. E la pelle era un suo importantissimo territorio di vendita, di bisinès.

Sulla pelle si concentravano molti dei suoi affari e la linea *Baby Luna*, all'olio di mandorla, al gelsomino, al garofanello, era una novità assoluta.

Differenziare, distinguere, gli avevano insegnato in America, riguardo alla produzione, in modo da avere tanti mercati possibili, non uno soltanto, per cui fosse stato facile fallire. Sorte troia, o mai god, quando ormai pensava di non avere un solo ostacolo alla sua impresa, ecco il destino, la sorte buttana, la natura, congiuravano contro di lui. Lo mettevano in ginocchio. Gli pisciavano sulla testa, sul cuore, sul talento, sulla fantasia.

Doveva riflettere, non perdere la calma. In fondo chi poteva sapere la verità? Nessuno. La pelle di Luna era ormai quasi perfetta, rinata e, tra qualche settimana massimo, lo sarebbe stata del tutto. Di quella disgrazia non sarebbe rimasta nessuna sindone accusatrice.

La bambina aveva avuto solo una brutta reazione allergica alla puntura di un insetto, avrebbe eventualmente detto. Chi poteva sostenere il contrario? Chi poteva mai arrivare alla verità che era incredibile, sconcertante, spaventosa. Chi mai avrebbe anche solo potuto immaginare una malattia che costringesse un bambino a vivere all'ombra, senza mai vederlo il Sole. A uscire solo se c'era la luna.

E quei cafoni tutti, a cui, in un modo o in un altro, direttamente o indirettamente, dava da mangiare, pagava i debiti di gioco, le amanti, grazie alla sua fabbrica, al suo talento infallibile, avrebbero dovuto mandarla giù la sua verità, in un sol fiato. Senza, minimamente, metterla in discussione, o li avrebbe fatti affogare nella loro merda.

Forte di questa elementare considerazione tirò un sospiro, si rasserenò, e con un pettinino che teneva sempre nella tasca destra della giacca, riordinò i capelli. Quel gesto aveva nel tempo assunto un valore simbolico, era come dire ok. Tutto a posto, no problem occhèi.

Nulla, dunque, dello straordinario progetto dell'azienda si sarebbe perso, la sua bambina era davvero bellissima. Bionda e con gli occhi celesti. Sulla sua pelle non c'era traccia di cicatrici, di vesciche, come per miracolo non c'era segno di nulla. Tutto come prima. Occhèi!

In fondo andava quasi sempre così, pensò, che la bellezza di fuori mascherava benissimo il tormento di dentro.

E quindi ogni uomo in realtà ne conteneva due. Uno che comunicava al mondo quel cazzo che voleva, quel cazzo che gli serviva a trasferire negli altri l'idea di ricchezza, di grandezza, di prestigio, di benessere, di serenità.

Un altro, invece, invisibile, che cresceva dentro come un ascesso, una cisti, un fibroma, un cancro maligno. Solo quest'ultimo soffriva, si tormentava, non si dava pace, perché solo lui suonava tutte le corde dell'anima, piantando tutte le croci sul cuore.

Comunque, tutto sommato, era perfetto così e anche comodo. Comodo ci fosse un Gerri di facciata, impassibile, brillante come sempre, che impediva a invidiosi parassiti di merda d'affondargli il coltello nelle carni.

Luna era pronta per essere fotografata, ed era anche parecchio cresciuta di peso. Beveva ormai un litro di latte al giorno, che le aveva, così sembrava, schiarito anche le sopracciglia, biondissime come i capelli. E in questa cornice di più brillavano gli occhi celestone.

Beveva latte con miele e biscotti savoiardi, che le rafforzavano i muscoli. Aveva quattro denti, due sopra, due sotto, magnifico per 8 mesi d'età, mangiava già pastina, una volta al giorno, e pezzetti di gallina in brodo.

Una bambina normalissima, ma bella solo come una bambola americana poteva esserlo. Peccato che nella foto, in bianco e nero, non si vedessero i colori, quell'azzurro che sapeva di mareggiata, il ciliegio che le pitturava le guance. Ma il fotografo che aveva contattato, il migliore in tutta la Sicilia, gli aveva assicurato che, sulla foto, avrebbe ritoccato, quasi smaltandoli, il celeste degli occhi, l'oro dei capelli. Con un certo procedimento l'effetto sarebbe stato magnifico e garantito, a metà tra una foto e un olio. Poteva stare tranquillo, nulla si sarebbe perso della bellezza della sua bimba, e il risultato sarebbe stato straordinario.

Il lancio del prodotto era previsto per Natale, e questa data sarebbe stata rispettata. Ora doveva solo concentrarsi su una cerimonia grandiosa, d'effetto scioccante, curando in grande stile ogni aspetto, dagli ospiti, d'onore tutti, al ricevimento, ai fiori, alla benedizione del prodotto, a cura del vescovo in persona.

Era un tramonto bellissimo, tornando a casa dal professore di Palermo, Gerri pensò che la Natura più bella fosse in Sicilia. Per quanto amasse l'America, non c'era nulla che reggesse il confronto.

Anche il cielo in Sicilia sembrava d'un'altra qualità, più leggero, più chiaro, attraversato da brividi di luce rossa bruna viola, come se vi si riflettessero tutti i pensieri degli uomini, se ad ogni uomo, se a ogni pensiero, si assegnava un colore.

Comunque il tormento per la diagnosi restava, anche se, grazie alla sua lucidità imprenditoriale, aveva trovato il modo per non compromettere l'ottima riuscita del bisinès.

Ma allora mai questa sua creatura avrebbe potuto stare all'aria aperta, mai fare il bagno a mare, mai raccogliere fiori in primavera, per portarli agli altarini dei santi, mai giocare a girotondo come facevano tutti i bambini? Che cazzo di giustizia divina era questa che condannava un'innocente, e la condannava a vita?

Cercando inutilmente una soluzione, se la prendeva con la carità, la giustizia divina, ma non intravedeva, una volta individuati i colpevoli, nemmeno uno spiraglio del cazzo, per risolvere concretamente la situazione, come concretamente risolveva i suoi affari.

Il cazzo di luminare era stato tassativo. Poteva stare all'aria aperta, vederlo e respirarlo il Mare, anche correre all'aperto poteva la bambina. Ma solo di notte, tassativamente di notte, solo se c'era la Luna.

Ci si poteva mai abituare a una vita contro la natura, che distingueva il giorno dalla notte, proprio perché col buio si dormiva, si scopava, mentre col sole si lavorava, si viveva.

Lui non ci sarebbe riuscito, il Sole gli allargava i polmoni, gli stampava sulla faccia quel pizzico di secsi, che non gli dava nemmeno l'essere proprietario d'una floridissima fabbrica. Comunque, la sua, era un'ipotesi del cazzo, che non reggeva, perché lui c'era cresciuto con i ritmi normali in Natura, i ritmi del giorno e della notte.

La bambina era ancora piccola, si poteva educarla alle nuove esigenze. Si trattava, poco per volta, di invertire il giorno con la notte, magari non fifti fifti, magari con proporzioni diverse, poteva imparare a usare la notte come tutti gli altri usavano il giorno. E farci le stesse cose, passeggiare, correre, anche fare il bagno, d'estate, mentre nessuno rompeva i coglioni in spiaggia, chiamando i figli, o sciacquando i cani.

Facile non era. In un cazzo di mondo in cui le stesse regole valgono per tutti, chi non le rispetta, perché non vuole o solo perché non può, non ha vita facile.

Però c'era anche il grande vantaggio d'avere i luoghi, gli odori, tutti per sé, senza dividerli con nessuno. Senza intrusioni, senza compromessi, senza invadenze, com'era naturale che ci fossero, invece, quando erano in molti ad avere le stesse aspettative sullo stesso bene. Allora liti, invidie, raggiri, bordelli vari, che questa condizione di vita le avrebbe evitato.

Bisognava abituarla già da subito, Luna, a vivere di notte, perché se fosse stata sveglia di giorno, crescendo, quando avesse imparato a camminare, sarebbe stato impossibile controllarla, attimo per attimo. Come si poteva impedire a una creatura di rincorrere il sole? Un magnete era per un bambino il sole, come lo erano i fiori, le farfalle, le onde del mare.

Un bambino era naturalmente attratto dal sole, un bambino se la voleva esplorare da solo la vita intorno, ma Luna non avrebbe potuto e, magari, quella prigionia le avrebbe guastato il carattere.

Senza considerare poi che era impresa impossibile, disperata, spiegare a un bambino che solo lui non poteva fare quello che tutti facevano.

Luna, crescendo, se la sarebbe presa con lui, l'avrebbe giudicata un'ingiusta punizione, una condanna, inflitta da una merda di padre, inflitta senza un perché. Un padre del cazzo, che le impediva di correre al sole dietro a un aquilone, dietro a una gallina, di giocare a nascondino nei magazzini, di cercare il tesoro nascosto in una delle tante grotte lì intorno, di seppellire in cortile i canarini che morivano, uno dopo l'altro.

Il problema c'era, pesava su di lui come un macigno, ma intanto aveva già rimosso il macigno più grande dalla sua nuca, il fallimento della nuova saponetta. Fallimento, ormai scongiurato dalla sua intelligenza, dalla sua professionalità americana, dal suo sangue freddo.

Il 26 dicembre, giorno di Santo Stefano, ci fu l'evento in grande stile. Suonò persino la banda, al completo. Vennero giornalisti da tutta l'isola che avrebbero scritto articoli, fatto foto, osannato la cerimonia, e poi il magico momento clu, in cui, su una poltrona cardinalizia, di velluto rosso, sarebbe apparsa Luna, con una saponetta in mano, non colore oro, ma proprio d'oro massiccio, della linea *Baby Luna*.

Meno di 100 gli invitati, solo professionisti, politici, aristocratici, ma da tutta la Sicilia, e il Vescovo in persona per la benedizione del prodotto. Il Vescovo che, notoriamente, era di brutto carattere, brusco, scostante, in quella circostanza era stato assolutamente sollecito ad accogliere l'invito, pensando che andasse coltivata quest'amicizia con l'americano, ignorante vanitoso, ma virtuoso di quella vera virtù che solo i soldi possedevano. Il resto erano minghiate per poveracci, morti di fame.

I suoi affari crescevano a dismisura, dava lavoro a moltissimi disoccupati, e lui aveva tre nipoti maschi da raccomandargli come operai per la fabbrica, e pure la sua amante, da raccomandare come operaia, con preghiera di non stancarla troppo, d'averci un occhio di riguardo per la sua protetta, affidandole lavoretti poco impegnativi. Non voleva più mantenerla di suo, l'avrebbe, d'ora in avanti, mantenuta Gerri, la sua fabbrica di sapone.

C'erano pure il sindaco e il prefetto. Tutti avevano qualcosa da chiedere, se non posti di lavoro, sovvenzioni, munificenze, liberalità, per finte beneficenze di facciata.

Un'area immensa era stata attrezzata con sedie e poltrone di prima fila, riservate alle autorità. Migliaia di saponette colorate, artisticamente disposte all'uso americano, secondo un design mirato, regalavano agli occhi suggestioni di tutti i tipi. Un metro in qua, sembravano alberelli, un metro in là, per illusione ottica, candelieri da chiesa, se li centrava il sole.

La giornata era stata perfetta, sole estivo e venticinque gradi di temperatura. Manifesti con la foto della bimba erano stati piazzati ovunque, ma quando fu ora di esibirla sul palco, di modo che tutti potessero fotografarla al sole, Gerri, con fare impeccabile, e un tono di voce sicuro, si scusò della sua assenza.

Disse con estrema naturalezza che la bimba aveva la febbre alta, e un poco di bronchitella. Niente di che, roba comune ai bambini piccoli quando facevano i denti, soprattutto. Un attimo prima stavano bene, giocavano, un attimo dopo bruciavano di febbre.

Non sarebbe stato prudente, quindi, esporla all'aria, anche se la giornata era calda, più estiva che autunnale.

Nessun bisinès poteva essere anteposto all'amore per un figlio, alla salute d'un figlio. E a quel punto scrosciò un lungo applauso.

Nessuno ci fece più caso, gli eventi si susseguirono veloci grandiosi strabilianti, secondo il progetto, curato ad arte, tra applausi foto banda cibi vini pregiati, champagne.

Gerri, assolutamente soddisfatto per come erano andate le cose, prevedeva per i prossimi mesi ordinativi superiori a qualunque aspettativa.

Quella prova aveva anche ratificato in lui la certezza che fosse facile alterare la verità, di qualunque natura, solo con una personalità decisa, sicura, e un tono di voce malandrino, spocchioso. Era, quindi, facilissimo ingannare tutti, prendere per il culo il mondo, con piccole minghiate, la voce, la postura d'un certo tipo, il doppiopetto, un'esibizione faraonica. Ed era felice di quella magnifica scoperta che già gli permetteva, e in futuro sempre più, d'avere la meglio su tanti, tantissimi stronzi.

«Aiutateci, don Gerri, voi che avete un cuore d'oro, voi che siete un benefattore. Vogliamo andarcene in America, chiudere col passato, dimenticare, solo questo chiediamo. Ricostruirci una vita. Ma lontano da qui. Ci mancano i soldi per andarcene, ce ne vogliono tanti per espatriare. Tre biglietti di nave per l'America costano, e come se costano, sangue costano. Tenete conto che, solo grazie a voi, non abbiamo fatto la fame, in questi tre anni, io e la mia povera figlia innocente, senza padre, la mia Gioiella.

«Siete stato più voi un padre che il mio, se non era per voi a quest'ora mi sarei ammazzata io, assieme alla mia sventurata bambina, senza padre. Invece siamo vive tutte e due. E dall'America vogliamo ricominciare, nella speranza di avere una vita decente.»

Gerri ricordava appena d'averla vista in fabbrica quella ragazzona, giusto perché era bellissima, sensuale, ma rustica, non il suo tipo. Alta, bruna, con uno spaccato di coscia insolito per una siciliana. E questa sua bellezza l'aveva fottuta, assieme alla sua ingenuità, un coctèl micidiale.

Un tizio, bracciante stagionale, a quanto se ne sapeva in paese, l'aveva messa incinta su un brufolo d'erba, per poi scomparire, senza nemmeno lasciare detto come cazzo si chiamava. Tipico di chi voleva fare una botta e via, senza nessuna responsabilità.

Mentre, in America, storie simili erano abbastanza comuni e non facevano impressione, in Sicilia era uno scandalo.

C'era poi da considerare il fatto economico, sfamare una bocca in più non era cosa da tutti.

Ricordava a malapena che l'aveva assunta nella sua fabbrica tra i primi operai, prima femmina di sicuro, e che qualcuno glielo aveva chiesto come una grazia. Tutto qua, nient'altro.

Ma ora che ce l'aveva davanti, la ragazza gli dava una grande occasione, era proprio vero che il Bene veniva ricambiato dal Bene. Bisognava dunque coglierla subito l'occasione, con destrezza, senza destare sospetti nella ragazza disperata che voleva andare in America, ma non sapeva come fare. E lui ce l'avrebbe mandata subito in America, ma senza la figlia.

La figlia serviva a lui, era la soluzione che cercava, e poteva averla solo con qualche migliaio di lire.

«Mi hai detto che hai una figlia, dunque, una femminuccia» disse con fare amichevole, quasi paterno.

«Sì, una femminuccia, forte alta, sembra più grande della sua età. Ha preso l'altezza da me, ma anche da suo padre. Quel disgraziato era un gigante, alto quasi due metri, don Gerri. E io non ci ho più visto, mi sono innamorata pazzamente di quel farabutto che mi ha rovinata, e abbandonata.

«La mia Gioiella è alta, ma ha solo quattro anni. Una donnina di casa, già mi aiuta a pulire, lavare i piatti, mettere in ordine. E non si lamenta mai, Gioiella mia, non piange mai. Però, pure se ha solo 4 anni, il suo biglietto per l'America lo stesso lo devo pagare, don Gerri. Mi sono informata, un posto occupa anche se è una bambina, mi hanno detto, e devi pagare pure per lei. E io sono disperata, non so come fare. Dove li trovo questi soldi, a nessuno posso chiederli in prestito.»

Si vedeva che era proprio disperata. Disperata del fatto che anche questo suo secondo sogno d'amore potesse svanire e lei non conoscerlo mai l'amore vero, non averla mai una famiglia sua.

Non voleva invecchiare, restare sola, senza amore. Senza quella passione che le aveva fatto perdere la testa per uno sconosciuto lazzarone, che prometteva di sposarla prima dell'estate. Invece era rimasta sola e incinta, e in un caldo novembre, quattro anni prima, aveva partorito la sua bambina senza padre, Gioiella.

«Sei giovane, hai tutto il futuro davanti a te, certo al futuro non si può dire *aspetta*, quello quando passa passa. Ora vediamo che si può fare, fammici riflettere, che una soluzione te la trovo.» Quelle erano le parole giuste, cazzo d'un genio! Gerri si complimentava con se stesso per la strada, immediatamente individuata con successo.

Doveva già proiettarla in America, la ragazza, fargliela toccare quasi, di modo che fosse poi pronta a qualunque cosa, anche la più innaturale e dolorosa, come lasciare sua figlia a lui, in Sicilia, pur d'arrivarci in America prima possibile, inginocchiarsi e baciarle i piedi, come facevano simbolicamente tutti gli emigranti, quando sbarcavano dalla classe economica d'una nave puzzolente.

«Certo l'America è la migliore garanzia per una vita occhèi, però non tutti possono realizzarlo il sogno americano. Magari se una incontra uno come me, evoluto, comprensivo, generoso, che ama l'America come una madre...»

Questo era il discorso da fare, la ragazza, dai 20 ai 25 anni, lo ascoltava a bocca aperta, annuiva, spasimava, piangeva, sgranava gli occhi nerissimi.

Si vedeva che era ingenua e di questa ingenuità bisognava approfittare subito, avvicinandole l'America per poi allontanargliela, solo un attimo dopo. Questa era la strategia vincente per il suo marchetìnghi di natura privata.

«Una vita nuova, ragazza mia, solo l'America te la può garantire. E chi riesce ad andarci in America, qua non ci torna più. Io sono un caso raro. Là si vive, qua si muore. Là si respira, qua si soffoca. E non è solo per un fatto di soldi, ma proprio di modo di pensare. Vedi qua, in questo cazzo di paese arretrato, cosa è successo a te? T'hanno buttata in mezzo a una strada e solo perché hai fatto una figlia senza essere sposata. Roba da zulù. T'hanno crocifisso peggio di nostro Signore Gesù Cristo.»

Questo piccolo, mirato, spargimento di notizie sull'America fu benzina sul desiderio della ragazza, che non stava più nella pelle. E voleva sapere altro, altro ancora, tutto, mentre già si vedeva sulla nave assieme all'amore suo. Mentre già si vedeva in mezzo all'oceano, diretta alla sua nuova vita americana.

«Una vita ci vogliamo rifare, io e Rocco, don Gerri. A voi parlo come una figlia. Siamo stati solo sfortunati noi due, ma siamo bravi ragazzi, ve lo giuro sulla mia Gioiella, che è l'unico mio bene, la mia stessa vita.

«Lui ha fatto dieci anni di carcere, ma è lo stesso un bravo ragazzo onesto, solo che ha trovato sua moglie che lo tradiva con un altro, dentro casa, e l'ha accoltellata d'istinto. Ha fatto male, non s'ammazza nessuno, pure il comandamento del Signore lo raccomanda, ma chi non lo avrebbe fatto in quelle condizioni? Non si scherza col tradimento, si può perdere la testa, e a lui questo è successo.

«Ma ora che è uscito, che ha pagato fino all'ultimo giorno di carcere, per fortuna sua moglie non era morta, anche lui vuole rifarsi una vita. Rocco vuole andare in America e ci vuole andare con me, vuole lavorare da muratore, che è il suo mestiere, magari crearsi una piccola impresa e chiudere con l'Italia, col passato.

«Lui ha già tutto pronto, il biglietto glielo paga la madre coi risparmi d'una vita, pur di vederlo sistemato, ma io non voglio restare qua. Con lui voglio andare. Se parte senza di me è finita. Nessuno torna, anche voi lo pensate. Bello com'è, l'amore mio, un'altra non gli può mancare in America, e per me è finita. Stavolta per sempre. Non ho più speranze» disse e si gettò per terra abbracciandogli forte i ginocchi, come si faceva con le statue dei santi, quando si chiedeva un miracolo.

«Certo, se andasse così, ti puoi proprio mettere il cuore in pace. Non lo vedrai più. Ma se partite insieme, allora la cosa è diversa. Vivrete insieme, farete famiglia insieme, magari avrete dei figli...»

«Li vuole i figli, eccome se li vuole, Rocco mio non ne ha mai avuti.» La ragazza era entusiasta di fronte alla prospettiva di far famiglia col suo amore, in America, ed erano ancora solo chiacchiere. Gerri pensò che aveva toccato tutti i tasti giusti, bisognava tirare ancora un po' sulla sua emotività, sulla sua passionalità, sulla sua fragilità, ed era fatta.

Certo non era facile dire a una madre di lasciare sua figlia, ma con le giuste tonalità di voce, i giusti sottintesi e uno sguardo da padre, lui ci poteva riuscire, ci doveva riuscire. Non poteva lasciar partire Gioiella. Gli serviva la bambina. Era perfetta, non aveva un padre che rompesse i coglioni, né parenti che avessero interesse a reclamarla. Un miracolo, tutto questo, che il buon Dio gli concedeva per la sua generosità. Dio non dava niente per niente, e faceva bene.

«Con una bambina piccola è più difficile andare in America, anzi impossibile, figlia mia. Gli adulti affrontano disagi, mala vita, fame, ma i bambini non ce la fanno, i bambini devono mangiare, dormire, poi basta solo una febbre e ti bloccano a casa per giorni e giorni. E tu come fai, tu cosa fai? a chi la lasci la bambina? Là il lavoro è sacro, anche da morti si va a lavorare.

«L'America anche per te dev'essere una grande occasione. Io voglio aiutarti più di quanto tu chieda, figlia mia, perché con la mia esperienza vedo lontano, molto lontano.

«Allora per venirti incontro come un padre, la proposta che ti faccio è questa. La bambina la lasci qua, per ora, a casa mia, farà compagnia a mia figlia Luna, come due sorelline. Il tempo che ti sistemi, casa lavoro, e poi te la porti con te in America.»

Che strana la natura umana, che conosceva assai poco, a questo punto. La donna sembrava addirittura sollevata dalla proposta di lasciare sua figlia in Sicilia e avventurarsi in America, col suo Rocco, alleggerita da quel peso.

La paura di perderlo era, al momento, la sua più grande paura. Ma forse quella parola, usata ad arte, al momento giusto, *figlia mia*, aveva operato il miracolo. Chi non si fiderebbe d'un padre?

La ragazza, di cui nemmeno sapeva il nome, gli fu subito grata per la proposta, d'accordo con lui su tutto. Cominciò pure a piangere di devozione, di gratitudine, di ristoro, mentre gli baciava le mani come si faceva col Redentore. E lui lasciava fare, era giusto che lo considerasse il suo benefattore.

«Voi siete un padre, non potrei affidare mia figlia in mani migliori. Mi sistemo, come dite voi, e poi me la vengo a prendere, magari tra due anni, massimo tre, ve lo giuro. Siete un santo, don Gerri.»

«Non c'è premura, qui tua figlia sarà trattata come la mia. Una principessa, anche lei. Ecco ora, invece, pensiamo al tuo biglietto e a un po' di soldi, che ne avrai bisogno, benedetta ragazza. Non si va in terra straniera senza una lira. Consideralo un prestito, in attesa di fare fortuna. Poi poi faremo i conti, non c'è fretta» le disse, ma aveva chiarissimo come, invece, sarebbe andata.

Non l'avrebbe rivista mai più, né viva né morta. L'America l'avrebbe narcotizzata smemorata maciullata, anche nei sentimenti. Figli nuovi, nuova casa, nuovo mondo, nuovo lavoro, voglia di chiudere definitivamente con la vita di prima, quasi per paura d'esserne risucchiati e svegliarsi lì da dove si era fuggiti.

«Tu, intanto, pensa a partire. Io ti agevolo col visto e il passaporto. Ho amicizie che non mi diranno di no. Da qui a un mese, massimo quaranta giorni, sei sulla nave col tuo Rocco, ti godi la crociera in classe turistica, ma, soprattutto, una vita nuova, che finalmente, ti renderà felice, dopo tutto quello che di sofferenza hai passato.»

Era andata meglio d'ogni previsione. La ragazzotta era partita col suo Rocco, e non s'era mai fatta sentire, in quindici anni, nemmeno con due cazzo di righe scritte da chiunque in America, giusto per chiedere della figlia. Silenzio assoluto.

Poteva solo immaginare che avesse partorito altri figli, e che nella sua nuova famiglia non si volessero alterare i nuovi equilibri americani.

Magari, ogni tanto, ci pensava alla figlia, ma come a un cattivo pensiero che le provocava una fitta di dolore al petto, al cuore, un morso d'angoscia terribile, com'era successo a lui, quando l'acciuffava l'odore del vino, sempre in agguato.

Per un mese Gioiella non aveva mai parlato. Alta davvero per i suoi quattro anni, troppo seria per i suoi quattro anni, era tutta il ritratto della madre, e anche lo sguardo aveva la stessa malinconia.

Bruna, occhi grandi di cerva, ciglia così ricce e folte da sembrare finte. Un portamento da donna in una bimba ancora piccola. Ma la Natura fa questo e altro, pensò Gerri.

La bambina lo guardava in modo autoritario e indisponente, ma forse era solo effetto del trauma. Non doveva essere stato facile perdere la madre di botto, trovarsi in una casa sconosciuta, adattarsi a gente sconosciuta.

Chissà quanto, in quel lungo primo mese, aveva sperato nel ritorno della mamma, che la chiamasse ancora con la sua voce calda, affettuosa, tornando dalla fabbrica.

Chissà quali pensieri aveva fatto, comunque pensieri da bambina, e non era da bambina prendere in considerazione l'ipotesi della morte, sospettare che la mamma fosse morta.

Magari se n'era data la colpa, per non avere lavato bene i piatti della cena, la sera, quando, stanchissima sulla sedia, la mamma se ne stava a occhi chiusi, un po' addormentata un po' sveglia, magari sognando.

Non aveva mai parlato, ma aveva mangiato e dormito, senza fare capricci, né rompere i coglioni, piangendo. Ottima cosa. Forse la bimba era in pausa, come in una vita sospesa, rispetto a quella di prima, di cui sapeva tutto, rispetto a quella di ora, di cui ignorava tutto.

C'era da giurarci che non avesse mai visto un giocattolo, una bambola, un trenino, e Gerri, pensando che una bambola o dei giocattoli potessero accelerare l'adattamento, ne aveva comprato due dozzine, di tutte le misure. Una, ad altezza di bimba vera, persino camminava, se presa per mano, e apriva e chiudeva gli occhi. Veniva dall'America e costava un botto.

Ma più che a queste bambole, Gioiella sembrava interessata a Luna, pensando fosse anche lei una bambola. Era piccola, Luna, come una bambola piccola, non parlava, come non parlavano le bambole, non camminava, come non camminavano le bambole, salvo costosi rari esemplari.

Dopo il primo mese di mutismo assoluto, passato in casa Franzò, Gioiella disse: «Luna.»

Fu la sua prima parola e, senza bisogno di forzare, cominciò così, naturalmente, la storia tra loro due. Proprio come dalla parola *mamma* comincia la storia tra una madre e una figlia.

Certo, sia per Luna che per Gioiella, c'era da riflettere sul fatto che le madri le avessero abbandonate, l'una inseguendo un amore di legno, l'altra un amore di carne.

Nelle mulattiere della vita, queste due madri e queste due figlie, s'erano incontrate solo per caso, accidentalmente, a tempo limitato. E quando il tempo era scaduto, assai presto, ognuna aveva ricominciato da zero.

Gioiella, da quella che credeva una bambola, Luna. La sua bambola preferita. Mentre tutte le altre bambole avevano capelli castani, neri, colore del mosto, comunque scuri, lei aveva capelli biondi, colore del Sole quando matura a mezzogiorno e perde il pallore dell'alba.

Se facile poteva essere stato alterare i ritmi della giornata per Luna, abitudini non ancora radicate per l'età della bimba, altra cosa sarebbe stato per Gioiella, dopo quattro anni d'addestramento a una vita normale, in cui ci si alzava col sole, ci si coricava col buio.

Andò, invece, diversamente, da come temeva Gerri e anche questa teorica previsione fu smentita dai fatti.

A quasi un anno, già Luna prendeva aria di sera. Aria fina di maggio, che grandinava fiori di gelsomino, e ogni altro odore, rosa giglio gardenia, miseramente sconfitto dal gelsomino, scompariva.

Solo di sera, cancellato ormai ogni calore del giorno, la bambina si svegliava come fosse mattina, già abituata ai nuovi ritmi, e Ciccina Frensis, anche lei abituata ai nuovi ritmi, la portava in braccio sotto la mantiglia di stelle, le insegnava a camminare, passo passo, sulla ghiaia, a toccare le foglie, i rami degli alberi, senza avere paura.

Era piccola Luna, minuta, ma sembrava forte. E in pochissime sere di libertà, cadendo sulla ghiaia, tagliuzzandosi le manine, già correva verso la luna a braccia tese e non aveva paura di grilli, cicale, pipistrelli che calavano a lenzuolo sulla notte.

Le piaceva la notte, il vento che gonfiava come vele le cime degli alberi, forse perché nulla sapeva del giorno, e non poteva fare confronti.

Anche Ciccina Frensis, a cui Gerri aveva triplicato la paga, e per lo sconvolgimento dei ritmi e per l'accudimento dell'altra bambina, non trovava affatto male vivere di notte.

Nessuno, di notte, le dava comandi, nemmeno quello stronzo di Gerri che, se già non dormiva, restava fuori a dormire da qualche puttana, o magari solo come un cane, a piangere tirando singhiozzi lunghissimi, come non poteva fare dentro casa.

Che silenzio, che profumi, che colori di notte! Solo se non si viveva di notte, si poteva credere a certe stronzate, spacciate per vangelo. Come per esempio che la notte era nera. C'erano variazioni di blu, azzurro, turchino, argento, cenere, calce, inimmaginabili fino a che uno non ci sbatteva il muso e ci restava paralizzato per tanta bellezza. Grazie alla notte anche questo aveva scoperto, che la bellezza paralizzava, stutàva il respiro, sì proprio lo spegneva, per quant'era bella.

I colori li aveva scoperti di notte, quella trapuntina di stelle, che meraviglia di contrasto, che luce elegante, *snobbi* come lo diceva in americano, Gerri. Anzi *veri snobbi*, diceva.

Se, dunque, la notte c'erano tutte quelle variazioni di blu, nero, argento, forse era colpa del Sole, se di giorno i colori erano tutto d'un pezzo, il giallo giallo, il rosso rosso, il verde verde, senza allusioni, senza metamorfosi, senza sconfinamenti. E uno non ci pensava più, non li guardava nemmeno più, visti una volta visti per sempre.

Anche per gli odori era lo stesso. Di giorno, erano alterati imbarbariti avari. La notte, invece, risuscitavano a nuova vita, e da ogni odore, come per incantesimo, ne spuntavano altri mille, magnifici tutti.

S'era persa il meglio, pensò Ciccina Frensis, per cinquant'anni vivendo solo di giorno, andando a letto non appena faceva buio. Ma solo l'esperienza diretta delle cose faceva capire la differenza.

Assurdo poi che proprio quella bambinetta, con la sua terribile malattia, le avesse aperto la mente, come a Gerri l'aveva aperta l'America.

D'improvviso Ciccina Frensis pensò alla vita come a un'immensa scatola di bottoni. Bottoni di tutte le fogge, di tutti i colori, grandi, piccoli, perlati, lucidi, opachi, d'osso, d'avorio, di legno, d'argento, persino d'oro, a cerchio, a triangolo, a losanga. Erano lì, magnifici, ma chiusi nella scatola, invisibili dunque. Se uno non andava a guardarci dentro, non se ne sarebbe accorto mai, perseverando nell'imbecille pensiero che, in fondo, il bottone avesse solo e sempre una funzione, non anche una bellezza.

Il fiammifero che accendeva il buio era la curiosità, essere curiosi, meravigliarsi, incantarsi, ma in quasi tutti gli esseri umani, purtroppo, la curiosità diventava cieca prima dei trent'anni, almeno dalle sue parti.

Ora che aveva rovistato nella notte, riscoprendosi curiosa, non lo voleva più il Sole, che inghiottiva i colori ed era insaziabile, come nella favola lo era il terribile mostro, che mangiava solo bambini, uno strazio immane per il paese tutto, condannato a restare un paese solo di vecchi.

Certo il Sole aveva la sua utilità, questo non si negava, asciugava la biancheria in un lampo, essiccava l'estratto di pomodoro, per il sugo dell'inverno. Ma non aveva la stessa fantasia della Luna, la stessa poesia.

Avere invertito il giorno con la notte, le aveva anche cambiato il carattere. Prima, quando viveva di giorno, lavorava, lavorava, non faceva altro, ed era sempre incazzata. Si sentiva sempre come fottuta, da suo marito, dalla sua cazzo di vita, e non sapeva di sicuro a chi dare la colpa. Se a suo marito, ch'era morto lasciandole solo debiti e preoccupazioni, oppure alla sorte buttana, che non guardava in faccia nessuno, e passava tempo a rompere i coglioni al mondo.

Da quando aveva preso a vivere di notte, pensava. Solo ora finalmente aveva scoperto, a quasi cinquant'anni, a cosa serviva la testa, a pensare. Ma non erano più i pensieri molesti di prima, soldi, debiti, la tomba matrimoniale, a due posti, esposta al sole, con un ottimo panorama, ma ancora tutta da pagare.

Ora erano pensieri diversi, vari come l'arcobaleno, e non avevano niente a che fare con soldi, tempi, orari, domande e risposte. Erano pensieri fini, nobili e, se avesse studiato, avrebbe saputo che nome darci a questi pensieri. Ma non aveva studiato.

Di lì a poco sarebbe stata piena estate, seguendo le indicazioni del calendario, ma lo era già seguendo le indicazioni di madrenatura.

Lo scirocco suonava da qualche giorno il suo concerto sulle foglie degli alberi. Si poteva già passare fuori tutta la notte, sentire il ronzio delle stelle che cospiravano sempre tra loro, come vecchie invidiose vicine di casa.

Il mare lo pensava spaventoso, di notte. Magari una vasca grande, per una bimba che non lo aveva mai visto, poteva sembrare il Mare. Una vasca da interrare in giardino, da riempire con acqua fresca di pozzo, e farci nuotare Luna assieme a una dozzina di pesciolini rossi. Quest'idea, che al momento era solo una fantasia, non andava buttata, bisognava pensarci sopra, realizzarla.

Per uno strano adattamento della mente, o solo del corpo, Gioiella, naturalmente, attaccava e staccava l'interruttore della fame, del sonno, sia di giorno che di notte. Forse perché, seppure senza averne coscienza, potesse poi raccontare a Luna cosa faceva di giorno, dove andava di giorno, com'era il sole, la luce, come giocavano i bambini. E avere, almeno in questo, un suo piccolo punto di vantaggio.

Non la trattava affatto male, Gerri, le dava vestiti giocattoli mangiare, a volontà. Ma la figlia era la figlia, e nemmeno per un attimo, lei aveva mai sospettato negli anni, crescendo, che lui potesse magari essere suo padre e che il tipo, belloccio muscoloso forestiero, per cui sua madre aveva perso testa e onore, fosse invece una balla, inventata proprio per nascondere la verità.

Non erano le parole a fare la differenza. Anche con Luna, le poche volte che padre e figlia si parlavano, Gerri non era affatto come lei immaginava dovesse essere un padre. Non l'aveva mai avuto un padre, ma l'istinto le suggeriva come doveva essere.

I tic nervosi di Gerri, la casa che gli stava addosso come un cilicio, da cui scappare, prima possibile, erano una spia inconfutabile del suo malessere, negli anni cresciuto a dismisura. Era proprio a disagio nei panni di padre, soffocava, quasi avesse l'asma e, per non morire, cercava sempre più l'ossigeno nel suo sapone, nelle sue saponette, nel suo bisinès.

16 anni erano ormai passati dalla nascita di Luna, che non era affatto morta, ma viveva di notte, e non conosceva il sole. Gli affari erano andati tanto bene che Gerri l'americano aveva aperto altre otto fabbriche di sapone, anche nel centro e sud d'Italia, ed era sempre in viaggio, a verificare di persona il suo affermatissimo nazionale bisinès.

Teneva conferenze sulle strategie di mercato, corsi d'aggiornamento sulla produzione, in un suo italiano, molto migliorato, in cui immetteva parole americane di grande effetto. Ormai, ovunque, si indicava in lui un modello di imprenditoria eccellente. Un luminare nel suo ramo.

Migliaia erano gli operai della *Gerri Soap* e ormai non si contavano più le femmine operaie in fabbrica. Lentamente, padri e madri, si erano convinti a mandare in fabbrica anche le figlie femmine, più per soldi, per bisogno, che per emancipazione. Sarebbe morto lui, cazzo, senza vederla l'emancipazione, che in America era, invece, una magnifica realtà. Questo restava il suo cruccio.

Il Sud odiava l'emancipazione, allevava le zecche dell'arretratezza più che la memoria della tradizione. Ma a chi cazzo poteva dirle queste riflessioni, a chi? Erano muli, capre, ignoranti, rozzi, buoni solo a pretendere i soldi della paga, una lira sull'altra.

Le femmine, in fabbrica, imparavano prima dei maschi, erano più veloci di testa e, se nasceva un problema, lo risolvevano per intuito, senza ricorrere sempre al capoturno, come facevano i colleghi operai maschi, che non avevano un minimo di puntiglio e nemmeno di vergogna.

La riunione era stata convocata per le dieci in punto di lunedì mattina. Per la circostanza era stato preparato il magazzino più grande, ad accogliere ottocento operai, anche gli operai di due fabbriche a cento chilometri di distanza, in due diverse province.

Gerri era elegantissimo in doppiopetto grigio, confezionato su misura nella migliore sartoria di Palermo. Cravatta di seta rossa a pois blu. Sbarbato, profumato, come andasse a un incontro in prefettura, o a ricevere un'onorificenza, l'ennesima. Targhe diplomi riconoscimenti onorificenze, non si contavano ormai più nel suo ufficio.

Il principio era sempre quello, l'apparenza anzitutto. Apparire secondo le aspettative d'operai ignoranti che, però, proprio in virtù dell'apparenza, dovevano, comunque e sempre, riconoscere in lui il capo.

E lui, cazzo, un capo era, curatissimo, abbagliante, escrescente, la nuca tirata a lucido, l'occhio duro, il passo solenne, da imperatore.

Rimandava da mesi, l'argomento scottava, era di quelli che mai avrebbe voluto affrontare. Ma non si poteva più aspettare. Era tempo d'intervenire, a muso duro, intervenire da capo assoluto, prima che gli pigliassero la mano su quello che, purtroppo, era il suo unico tallone d'Achille.

Gli operai avevano ora anche una mensa comune, stile americano, e mangiavano pasta e carne, tutti i giorni, sempre secondo lo stile americano, che imponeva, per la massima efficienza sul lavoro, un'alimentazione di tot carboidrati e tot proteine, al giorno. Ma appunto, proprio perché erano così ben nutriti, quegli animali chiacchieravano malignamente su sua figlia. Le dicerie, le calunnie, serpeggiavano, se le sentiva sul collo come zecche a succhiargli il sangue, esasperavano i suoi tic nervosi.

Luna era ormai un'adolescente, ma non aveva mai frequentato la scuola elementare del paese. Nessuno l'aveva mai vista, in nessuna occasione, nemmeno per la comunione o per la cresima, nemmeno a prendere il gelato, d'estate, con le altre ragazzine, passeggiando la sera in piazzetta.

Infatti, ora che i suoi soldi avevano civilizzato il paese, ora che grazie a lui si poteva parlare d'economia, un mastro gelatiere di Palermo aveva investito in una gelateria sulla Piazza Umberto, facendo affari d'oro.

Certo ancora erano pochi i gusti di gelato, torrone cioccolato nocciola fragola pistacchio, quelli essenziali. Nient'affatto stile americano, dove i gelatieri facevano anche gelato al gusto di cozza, cocco, pomodoro, melenzana, formaggio, patatine fritte, viurstèl.

Ora che più non avevano fame, grazie alle sue fabbriche, al suo salario, gli operai erano diventati curiosi, si facevano domande, abbozzavano dubbi, perplessità, mostruosità, sperando di scovare anche un suo solo puntino di debolezza, e così demolire il mito di Gerri l'americano. Porci, ingrati, figli di buttana.

In paese tutti pensavano la stessa cosa, anche chi non era suo operaio. Pensavano che la ragazza fosse difettosa. Magari cieca, sorda, muta, o addirittura che fosse paralitica, visto che era nata da un parto difficile.

Qualcuno si spingeva, persino, a considerare l'ipotesi del ritardo mentale. Comunque un segreto c'era, e doveva essere bello grosso quel segreto per il capo, che sempre un padre era, anche se capo.

Tutto non si poteva avere nella vita, il Signore divideva

i carichi con giustizia, e il carico d'una figlia menomata era più giusto lo portasse uno ricco che uno povero.

Cominciò a parlare alle dieci in punto. «Ho creato posti di lavoro invidiabili. È sotto gli occhi del mondo che ora mangiate tutti i giorni, dormite su materassi di lana, spendete denaro, sposate i figli con cerimonie di lusso. Questo, in parole povere, significa che io e io solo vi ho levato dalla merda, dunque.

«Già da molto tempo avrei potuto coi nuovi macchinari sostituire moltissimi di voi, mandarli a casa, con una letterina di licenziamento, e un calcio in culo. Ma, lo ripeto, io vi ho levato dalla merda e non ho voluto rimandarvici, nella merda, di cui, più d'uno tra voi, sembra avere nostalgia.

«Non ancora almeno, non è detto che non lo farò in seguito. Dipende dalla lealtà dei miei operai, da quanto mi posso fidare, quando giro il culo.»

«Nessuno qua ruba, cavaliere, di noi vi potete fidare a occhi chiusi. Per noi siete come un padre, un fratello» disse con passione un capoturno, preoccupato che si potesse sospettare d'un suo scarso controllo sugli operai.

«Non è solo questa la lealtà, ci sono delitti peggiori del furto, parlare per esempio è un delitto. Specie se si parla a sproposito, se si parla con calunnia. E poiché diventa difficile per i calunniatori dimostrare il contrario, la cosa in assoluto migliore è non parlare, stare zitti. Dopo il turno di lavoro, semmai, darete sfogo alle vostre chiacchiere ma, nella mia fabbrica, ripeto la mia e di nessun altro, dovete stare muti, fare conto d'essere nati senza lingua. Da ora in avanti siete avvisati.»

Chiuse quindi l'assemblea in tutta fretta, lasciando negli altri, spiazzati dalla velocità degli eventi, interrogativi dubbi e paure.

Così si faceva, cazzo! Non si doveva dare il minimo spazio a domande che alleggerissero l'ansia, la paura del licenziamento. Dovevano restarci, quei calunniatori pezzi di merda, sotto i macigni della paura, mentre lui si sentiva, di attimo in attimo, completamente alleggerito del suo.

Niente si faceva per improvvisazione, tutto andava studiato calcolato nei minimi particolari. In America, negli staggi formativi, che aveva frequentato con tanto d'attestato finale, gli avevano insegnato anche come gestire, da vero padrone, un'assemblea, quali discorsi fare, quali evitare, misurando il tempo, anzi cronometrandolo proprio.

Dietro questo c'erano studi pregiati di sociologia, pissicologia, scienza del lavoro, cose che in Italia, IN ITALIA, figurarsi in Sicilia, se le sognavano. Solo così, con competenze sicure, si potevano fottere i dipendenti e chiudergli quel cesso di bocca a vita.

Ecco. Già funzionava, li aveva lasciati ancora là, seduti, sotto botta, sembravano alluppiati. Gli aveva tagliato la lingua, la spavalderia, e tutto in pochi minuti. Minghia, cazzo, l'America non sbagliava mai, ma anche lui aveva il suo merito. Era stato un ottimo allievo, non aveva mai messo in discussione il principio, né il metodo. Se solo avesse imparato a scriverlo l'americano, che però, parlava e capiva benissimo! Invece non si c'era dedicato, lo scriveva come lo pronunciava. Chissà, magari in futuro...

Gioiella, che ormai aveva quasi vent'anni, andava spesso in fabbrica, ma non ci lavorava. Gerri non l'avrebbe assunta mai.

Era stato tassativo, quando l'aveva comprata da sua madre, per un biglietto di sola andata in America e qualche dollaro, doveva fare compagnia a Luna, quasi una sorella maggiore.

Una grande stronzata, non si era *quasi* sorelle, come non si era *quasi* padri o *quasi* madri. Era solo un modo per legittimare il suo rifiuto ad assumerla. Temeva la sua indipendenza, *i soldi fanno parlare i muti*, diceva, sottolineando con dichiarata ostilità l'indipendenza che dava il lavoro, la paga, soprattutto a una donna.

L'idea che, a quasi vent'anni, Gioiella aveva di sua madre era che fosse una poveretta, una che, per ignoranza, non aveva saputo nemmeno trattare bene sul prezzo della sua vendita, tirandoci il massimo, ricavandoci quel che voleva. Anche lì, s'era fatta fottere. Sembrava nata apposta perché qualcuno, a turno, la prendesse per il culo.

Non aveva saputo, per ignoranza, nemmeno abortire, come facevano in molte, sradicandolo dall'utero, con un cucchiaio grande da minestra, o un uncinetto da lana, quel minimo gruzzoletto di cellule senza forma, evitando così tutto il casino ad entrambe.

In fabbrica la guardavano quasi fosse lei la figlia del padrone, visto che, della figlia vera, non se ne conosceva nemmeno la faccia. La ragazza vestiva da città, e questo aveva in molti rafforzato il dubbio che l'americano l'avesse pure adottata, visto che non aveva avuto altri figli, dopo la prima.

Nonostante non ci lavorasse, andava in fabbrica lo stesso, quasi tutti i giorni, con un atteggiamento autoritario e distaccato, che sembrava dire agli operai *altolà*, niente confidenze.

Non aveva turni da rispettare, né incarichi d'altra natura, andava quando voleva, a seconda di quanto dormisse o non dormisse di notte. La chiamavano *signorina*, la trattavano con riguardo, pensando magari che lei potesse far da spia al cavaliere, essere il suo occhio grande quando lui non c'era. Nessuno mai, poi, alludeva a sua madre Nellina, seppure la storia fosse nota a tutti.

Quello era un argomento tabù, di quelle cose non si parlava, come potessero diffondere il contagio, solo parlandone. E tutti, quasi, avevano figlie femmine a casa, da sposare in chiesa con velo e sacramento, senza figli bastardi, occultati dal tulle o già nati.

Gioiella era proprio una bellezza, i più giovani la guardavano col fuoco del desiderio che gli avvampava occhi e vene. Ma lei restava fredda, impassibile, *non sembrava figlia di sua madre*, dicevano gli operai, alludendo al fatto che sua madre fosse stata una troia, una di sangue caldo che aveva scopato col primo venuto, senza neanche saperne il nome.

Mentre la ragazza, *quasi* figlia di don Gerri, era un pezzo di legno, su cui non si scolpiva niente, né un desiderio né un'emozione né un sentimento. Forse c'era nata così, magari suo padre, che di lei se n'era fottuto, era così, senza sangue, senza sentimento, senza cuore. E da lui aveva preso il carattere, mentre fisicamente era la copia stampata della madre.

Con Luna non era andata male, ma non c'era affatto un rapporto di sorelle né di *quasi* sorelle.

Pur se non aveva mai avuto una sorella, tanto da potere fare il confronto, pensava a due sorelle in modo completamente diverso. Due sorelle litigavano, facevano pace, si scannavano, si amavano, si raccontavano, complottavano.

Tra loro due non succedeva mai nulla di questo e, crescendo, anche gli spazi e i tempi comuni erano diventati minimi, pur se vivevano nella stessa casa, in stanze diverse ma disposte nello stesso corridoio.

Forse provava, pure, un che di rancore per Luna, un che di astio, ma erano emozioni incontrollabili, come tossire, starnutire. Emozioni non generate da un comportamento preciso, da una causa dirompente, fosse arroganza, maleducazione, sgarberia. Nulla di tutto questo.

Luna sapeva chi era, sapeva, almeno, che nei registri del Comune era «Luna Franzò», figlia di Girolamo Franzò e Gelsomina Caltabellotta.

Sapeva pure, al di là del merito e del rapporto, qual era la faccia di suo padre, qual era la faccia di sua madre. E, sia pur sempre più raramente, ogni tanto, nelle notti di lunapiena, sua madre tornava ancora e restava fino all'alba, a consumare il suo delirio nel cortile della villa.

Lei, invece, non aveva un cazzo di niente, di suo padre non sapeva nulla, ed era stato uno stupido dolorosissimo masochismo adolescenziale, da tempo abbandonato, immaginarlo in mille modi, alto bruno, occhi nocciola, occhi verdi, muscoloso, simpatico, antipatico.

Di sua madre ricordava il viso, se veramente era poi

quello il suo viso, e non una suggestione, alimentata da rabbia, abbandono, rancore, dubbio.

Quel viso bellissimo, che avevano certe zingare di passaggio, con gli zigomi alti, la bocca carnosa e rossa di natura, nel dormiveglia l'aggrediva ancora, contro ogni sua volontà, come un bracconiere aggredisce un giovane cervo, e non gli dà scampo, perché più della pietà può la conquista.

Quando il viso di sua madre, vero o presunto, prendeva corpo colore forma, per quella bastarda nostalgia che, di notte, non si lasciava tenere a freno e latrava come un lupomannaro, non c'era più scampo per lei.

Il cuore andava a mille, la vista s'annebbiava ed era incontenibile l'impulso a vomitare. Vomitare anche gli intestini, anche l'anima, assieme alla rabbia, assieme ai perché, assieme al silenzio. Ma chissà se poi era davvero quello il viso di sua madre. Bellissima nel delirio del dormiveglia, molto più di lei, per quanto Ciccina Frensis la pensasse diversamente e le diceva sempre che lei era più bella.

Una volta al mese, poi sempre più raramente, Luna poteva dunque vedere ancora sua madre Gelsomina, che veniva di notte e solo di lunapiena. Aveva un viso da madonna, gentile, delicato, gli occhi colore del cielo quando non c'era nuvolaglia a mazziarlo, la pelle liscia come seta. Era tale e quale sua madre, e poteva verificarlo di persona, non per congettura.

Per paura non lo dicevano, ma lo pensavano tutti, che anche lei, se non avesse tenuto all'onore, se non fosse cresciuta alle regole di Gerri, con quella bellezza furiosa, prima o dopo, avrebbe fatto la fine di sua madre, mettendo al mondo un figlio bastardo col primo picciotto, manovale di passaggio, che le faceva prendere fuoco. Mentre lei, superata ormai l'adolescenza, era sempre più riservata, autoritaria, inaccessibile, e non dava confidenza a nessuno mai.

Si lasciava solo guardare, senza secondi fini, come un pesco fiorito, una gatta di pelo rosso, o un tramonto, in cui accucciavano le nuvole, stremate dopo la corrida del giorno.

Indossava calze di seta, sottilissime, color pelle, sandali col tacco, ma solo di pochi centimetri.

La sua altezza, non comune, spaventava già i giovanotti della zona, tutti bassini. Non uno che fosse alto. E in più li intimoriva quella superiorità che si vedeva subito, a primo impatto. Nessun operaio, pur attratto dalla sua bellezza, pure se le lasciava gli occhi addosso, poi di fatto si faceva avanti, anche solo per dirle *sei bella*.

Il suo cruccio era non essere bionda. Avere la pelle scura, affumata, come pure gli occhi. E questo le levava bellezza, almeno il tipo di bellezza che avrebbe voluto, quella bellezza che, invece, aveva Luna. Bionda angelica evanescente, immateriale. La damina d'un quadro che, per magia, ogni tanto usciva dalla cornice, per poi rientrarci, convinta che il suo posto fosse proprio là sulla tela. Convinta anche che quello fosse in assoluto il posto migliore al mondo per una ragazza, perché solo là non rischiava d'invecchiare mai, e di vederla, nello smarrimento degli occhi altrui, la vecchiaia.

Spesso, guardandola leggere nella penombra del lume, lo aveva proprio pensato che Luna prendesse vita come e quando voleva, per poi restituirsi, bellissima immacolata, alla materna guardianìa d'una cornice d'oro.

Chissà quanti lo pensavano, ma nessuno per timore lo diceva *sei tutta tua madre*, che era alta scura e aveva gli occhi neri come carboni neri.

Che grande differenza faceva nascere da una madre o da un'altra. Con un'altra madre sarebbe stata chiara, bionda, magari con gli occhi celesti, come Luna. Con quegli occhi e quella carnagione si sarebbe vista bellissima. Ma non aveva quegli occhi, né quella carnagione. E non aveva una madre, ormai da sedici anni.

Poteva essere morta da anni la sua, non esserci mai arrivata in America, avere preso altre strade. Chissà. Quando arrivava un telegramma per Gerri, pensava sempre a questa ipotesi, che magari fosse proprio il telegramma di sua madre, che infine si ricordava di lei, magari solo in punto di morte per lavarsi la coscienza. Invece, erano sempre e solo telegrammi di lavoro.

Neanche Luna ce l'aveva una madre, non almeno una madre come erano tutte le madri, quelle a cui fare stronze domande, averne risposte, fabbricare stronzi falsi ricordi d'una falsa stronza famiglia. Ma almeno dalla sua aveva avuto il celestone degli occhi, il cipria naturale della pelle.

Certo, stare in penombra, scansare il sole, l'aiutava a mantenere quella carnagione. La pelle veniva risparmiata, mentre la sua, azzannata da aria, sole, pioggia, vento, viveva ma scuriva scuriva.

Nulla era mai come sembrava. Le apparenze, anche le più elementari, nascondevano ben altre realtà, e sentimenti.

Quando Luna aveva anche solo un grado di febbre, non la lasciava un attimo sola, si preoccupava un casino, e magari Gerri era grato per quella manifestazione d'affetto sincero, cui lui non s'abbandonava mai.

Invece l'affetto non c'entrava niente, c'entrava la paura del dopo, lo smarrimento del dopo. La linea di confine tra il prima e il *dopo*, era la morte di Luna.

Se ne sapeva ancora troppo poco della sua malattia per fare previsioni realistiche su quanto potesse vivere. Forse avrebbe fatto in tempo a diventare donna, magari vecchia, più di lei, campare più di lei. Oppure morire d'improvviso coi capelli biondi dell'adolescenza, e un sorriso da bambina.

Se fosse morta Luna, Gerri si sarebbe subito sbarazzato di lei, la sua *quasi* figlia, nel modo più semplice e veloce. L'avrebbe sposata con chiunque, le avrebbe comprato un cazzo di marito e un matrimonio sfarzoso, uno sfarzoso abito da sposa bianco e metri di velo. Un funerale senza bara, pur sempre un funerale per lei, che non voleva nessun uomo, comunque fosse, e non voleva un matrimonio, comunque fosse.

Solo il vago pensiero di questo imprevedibile corso degli eventi, era uno strumento di tortura quotidiano, che non lasciava spazio a sorrisi parole leggerezza. Una croce piantata da sempre nel suo cuore, assieme ad altre.

Da morta, solo da morta, senza più battito di cuore, avrebbe lasciato quella casa, ma mai per un uomo, chiunque fosse, bello o brutto, povero o ricco.

Non era affatto convinta che la sua repulsione per i maschi dipendesse da come era andata la sua vita, né dal fatto che un ragazzotto, venuto da fuori, avesse sedotto, magari in una stalla, la sua giovanissima ignorante madre, dando inizio al suo concepimento solo per caso, solo seguendo un istinto di natura, come tutti gli animali.

Non le piaceva proprio il maschio, verso cui provava una repulsione assoluta quanto istintiva, ma era ancora una sensazione confusa informe, da esplorare, da aggredire, prima di farne sentenza. Ci volevano tempo, energia, volontà.

Era vergine, nient'affatto per un principio, ma per proteggere il suo corpo, la sua bruna intimità, il suo inguine boscoso, dagli umori da cesso, semiliquide bave, d'un rozzo manovale sudato, da cui nascevano figli voluti o figli solo per sbaglio, errori d'una incontinenza del cazzo, che i più chiamavano *piacere*. In realtà solo fatali, sciagurate, imboscate alla libertà, come era stato per sua madre e, di conseguenza, per lei.

Alla morte di Luna, se non avesse avuto scampo a un matrimonio forzato, confezionato da Gerri come una saponetta delle sue, aveva già pronto da anni il suo segreto piano di fuga, che le consentiva di operare, finalmente, secondo la sua volontà, almeno un'unica volta nella vita.

Ci metteva meno d'un quarto d'ora a piedi. Quel luogo era suo solo d'amore, solo d'adozione. Bellissimo e abbandonato, com'era successo anche a lei, bellissima e abbandonata. La bellezza non evitava l'abbandono, dunque, né di luoghi né di figli.

Attorno era tutta una semina di rami secchi, rovi bruciati, ma nel pozzo non mancava mai l'acqua, e i suoi mattoni rossi, vecchi di tempo, s'accendevano al sole come giovane sangue di torelli.

Selvaggio, da che i proprietari erano andati in America a fare fortuna, vendendo pizze, arancini, schiacciate con salsiccia pomodoro e olive nere, nella loro pizzeria stile siciliano.

Lo circondavano, proteggendolo, castagni vecchissimi, e, quando c'era vento, attaccavano a suonare come musicisti, austeri e rigorosi, di quelli che nelle grandi occasioni, pagati da Gerri, venivano da Palermo a suonare per lui.

Facevano effetto, facevano scena, quei musicisti seri, vestiti di nero, e lui gongolava pensando che aveva ragione sua madre, che coi soldi si poteva fare proprio tutto, anche la gestione dei miracoli, scippandone i preti, la chiesa, e per miracolo ridare anche la parola ai muti.

Aveva un grandissimo vantaggio su Gerri, avere capito tutto di lui, tanto da anticiparne pensieri, mosse, strategie, tempi, mentre l'americano finto, oltre il bisinès, non capiva un cazzo di niente e di nessuno.

Era già stata oggetto d'una compravendita. Troppo piccola, quella volta, per opporsi, troppo piccola per gridare di no. Ma ora, a quasi vent'anni, aveva in pugno la sua vita, ora avrebbe deciso lei, senza compromessi né deleghe.

Pensava seriamente al suicidio, ci pensava con sollievo, quasi con piacere, almeno nella progettazione, ma erano pensieri vaghi, senza determinazione di tempo, chissà poi quanto ancora poteva vivere Luna, nessuno poteva fare previsioni.

Lo aveva dunque adottato il *suo* luogo segreto, di bellezza assoluta e selvaggia, già da qualche anno, con le sue spine, i suoi rami secchi, e l'aria fiera di chi non abbassa la testa mai. Era luminoso, arioso, e non aveva un cazzo di padroni.

Potava gli alberi, levava l'erba, seminava bulbi di giglio, meglio d'un garzone e, a primavera, l'edera, il gelsomino, le fresie, le viole, la mentuccia, ne facevano un paradiso, dove anche ammazzarsi non le faceva affatto paura.

Anche l'acqua del pozzo teneva sempre sott'occhio, tirando via le foglie secche, dopo ogni tempesta di vento. La voleva limpida, chiara, materna, pronta sempre al suo volo di morte.

Quando la centrava il Sole, l'acqua faceva da specchio al suo viso che finalmente prendeva il colore che lei avrebbe voluto nascendo. E diventava chiaro chiaro. Una porcellana.

Solo grazie a questo progetto di vita, si era rasserenata. Nessun evento l'avrebbe trovata impreparata, nessun ragazzotto sudaticcio, con la bava alla bocca, l'avrebbe mai posseduta da padrone, né come moglie né come amante, senza il suo consenso, senza la sua volontà.

Uccidersi era dunque il suo unico progetto di vita, e non era affatto un controsenso, come si poteva pensare. Né un atto d'istinto, sull'onda d'un'emozione, d'una commozione.

Dall'occhio destro Luna non ci vedeva affatto. L'ipotesi formulata dal luminare di Palermo, quando aveva solo pochi mesi di vita, su una probabile cecità parziale o totale, si era realizzata. Per fortuna su un solo occhio.

Il primo terribile manifestarsi della malattia le aveva lasciato a vita il suo marchio, come la lebbra lo lasciava sulla pelle dei lebbrosi.

Solo a tre anni, per un caso, si era però scoperto che dal destro non ci vedeva. Con l'occhio sinistro bendato per una brutta congiuntivite, aveva istintivamente teso in avanti le braccine, come fanno i ciechi quando cercano conforto negli oggetti per muoversi, localizzarsi, affidarsi. E gli oggetti acquistano parola, confortano, autorizzano l'accesso, oppure lo vietano.

Da sempre con quel difetto, s'era però adattata tanto bene che nessuno aveva mai sospettato del suo occhio cieco.

Già da piccola aveva dunque capito che c'era un buio più buio di quello senza il Sole. Essere cieca della notte, delle stelle, dei gatti che si rincorrevano pazzi sulle grondaie, per gioco o per amore. Ma lei cieca non era.

Le bastava anche solo un occhio per vedere, scrivere, leggere, incantarsi d'uno sconosciuto uccello notturno, che chissà dove voleva andare, oltre quello spicchio di cielo. E lei ce l'aveva quell'occhio, per incantarsi.

Poteva godersele la luna e le stelle, che non accecavano, se uno le guardava fisso, come immaginava accecasse il Sole. Luna e stelle ridisegnavano, del loro lume, la Natura, gli uomini, gli alberi, facevano luce nel dettaglio, nel cammeo, in quelle minime sfumature in cui lievitava la Bellezza.

Certo non aveva esperienza diretta del Sole, ma per quello che aveva letto negli anni, e per l'indifferenza che ne mostrava Gioiella, non credeva fosse, poi, una grande rinuncia, un lutto.

I poeti più grandi avevano cantato la Luna, non il Sole. Alla Luna avevano affidato confidato struggimenti patimenti passioni sconfitte.

Poteva godersela, a vita, la Luna, e in santa pace, senza dividerla con nessuno, ora che a sedici anni, e già da tempo, era padrona assoluta d'ogni sua azione.

Di notte usciva fuori, se voleva, restava dentro casa, se voleva. Restarci, di notte nel cortile, un'ora o tutta la notte, era solo una sua volontà. E non si discuteva la sua volontà. Nessuno riusciva a tenerle testa, a farle cambiare idea, questo era un punto fermo da sempre.

Nemmeno suo padre che aveva costruito un impero di saponi, saponette e pure profumi, ormai da anni, e nel settore era riconosciuto da tutti come il numero uno. Ma era e restava ignorante, ottuso, convinto che ogni evento della vita, sentimenti compresi, si potessero progettare, controllare e cronometrare come le fasi di lavorazione del sapone stesso.

Lei, la sua rarissima malattia, lo smentivano, giorno dopo giorno, eppure restava della sua cazzo di idea, e sempre più inseguiva statistiche, percentuali, strategie pubblicitarie. Nonostante il cambiamento del nome originario in

Gerri, restava in fondo il manovale Girolamo, che dava di stomaco all'odore del vino.

Non era stato un problema imparare a leggere e scrivere con un solo occhio. Affatto. Il problema era stato individuare il maestro giusto, visto che non poteva andarci alla scuola elementare, di mattina. La scuola elementare che aveva una sola maestra per tutte le classi, e pochissimi alunni, messi insieme in una stanzetta umida.

La mentalità in paese non era ancora pronta per la scuola, ne diffidavano, non ne capivano l'utilità, che invece davano i mestieri.

I primi tre maestri privati, due femmine catechiste e un maestro diplomato all'istituto magistrale, li aveva cacciati quasi subito, il maestro lo aveva tenuto un po' di più, ma solo perché masticava un poco l'abbiccì del latino. Giusto il tempo per capire il meccanismo, e poi aveva continuato da sola, col libro di grammatica, e l'antologia latina. Senza quel testa di cazzo tra i piedi, che chiedeva sempre di mangiare e di bere. Gli aggettivi latini, le declinazioni, le proposizioni, finali causali temporali, lo spossavano, lo debilitavano, gli succhiavano sangue e midollo, e lui mangiava mangiava sempre.

Solo dopo anni era arrivato Ferruccio, quando ormai sapeva leggere benissimo, conosceva l'analisi logica, la lingua e la sintassi latina. E aveva pure letto l'Iliade e l'Odissea.

Ferruccio era quello giusto. Aveva una trentina d'anni, un'aria allampanata struggente intelligente. Non chiedeva mai di mangiare e di bere, e la sua era una magrezza religiosa poetica, bellissima da vedersi.

La chiamava *signorina* e non c'era stato verso di convincerlo a darle del tu.

Ferruccio era spilungone, curvo, con la testa che gli ciondolava paurosamente sul petto, quasi alla ricerca d'un osso, su cui posare prima di schizzare via, come gli uccelli quando saggiavano il ramo, prima di decidere se passarvi la notte o levarsi in volo.

Aveva una tenera facciuzza da neonato in un corpo da vecchio, non da giovane. Insomma non aveva niente di giusto, niente di normale. Uno così andava allevato, cresciuto, educato, rassicurato e, magari, gli trovava una soluzione per ancorargli la testa, senza rischiare di perdersela per sempre.

Aveva fatto quasi vent'anni di seminario, con tunichetta nera da pretino, e anche se ormai ne era fuori, per una sua irrevocabile scelta, continuava a vestirsi da prete, nero fitto con un collarino bianco, insugnato mai, perché non aveva un solo milligrammo di grasso sul collo.

Ma non faceva male a nessuno, né si poteva proibire il nero, e la curia, che lo sapeva del tutto innocuo, solo un po' vago di testa, lo lasciava fare.

Ferruccio era stato tassativo sulla volontà di rinunciare al Seminario, e al sacerdozio. Diceva che il Signore in persona gli aveva comandato di tornare in casa con la madre, di meditare, di pregare sempre, più che operare. Anche a casa, in un certo senso, si poteva essere sacerdoti.

I preti del Seminario, che lo conoscevano bene dall'età di dieci anni, avevano invece supposto un delirio psicotico, una specie di esaurimento nervoso, che gli aveva provocato un terremoto interiore, e il poveretto non sapeva più quel che faceva.

Capitava ogni tanto a qualche seminarista che, però, una volta fuori dal Seminario, non s'adattava più alla vita di prima, a vivere come tutti, a pensare come tutti. L'esperienza insegnava che non c'era nessuna vera possibilità di rientrare, usciti dal Seminario, in nessun'altra vita. E la sua lo confermava.

Viveva con la madre, vedova da prima che lui nascesse

e che, di fronte alla vocazione del figlio, *mamma il Signore mi chiama*, per poco non era morta d'infarto.

Lo sentiva come un tradimento, un abbandono, e lei, per ripicca, aveva abbandonato la chiesa, responsabile d'averle rubato l'unico suo figlio maschio, nato quarto dopo tre femmine, cercato chissà come a rischio di vita, nonostante avesse un solo rene, fin da quando era nata. Eppure quel figlio maschio lo aveva voluto a tutti i costi.

Però Dio, alla fine, era stato misericordioso, tra i preti e lei, s'era passato la mano sulla coscienza e aveva dato a lei la precedenza, a lei che era la madre.

Per il grande miracolo ricevuto, aveva costruito a sue spese un bell'altarino, proprio nell'orto di casa, per il Cuore di Gesù. Un cuore in ceramica smaltata, enorme, rosso, che, quando gli diceva una preghiera, cominciava a battere, pum pum pum, proprio a battere come batteva il suo, ma più forte perché era cuore di Dio.

Proprio il suo parroco, incazzato che a lei il Signore concedesse un simile privilegio, aveva chiuso bruscamente la faccenda: «È solo una vostra impressione, non batte la pietra, la ceramica o quello che sia, ma se vi fa bene crederci, fate pure. Male non ve ne fa.» E l'aveva guardata storta il traditore, mentre non poteva non sentirlo il Cuore di Gesù battere pum pum pum, una mitragliatrice contro il suo tradimento.

Il cuore batteva, e come se batteva, e certe sere in silenzio assoluto gli prendeva pure la frequenza, come aveva visto fare al suo dottore, e annotava i battiti col lapis su un'agendina.

Da casa sua, Ferruccio non usciva mai, se non quando ricchi signori lo mandavano a prendere in macchina, con l'autista, come professore di italiano latino e greco per i loro figli.

Aveva conseguito la licenza liceale con voti eccellenti, primo tra tutti i seminaristi della Sicilia, 10 in italiano, latino, greco, storia, filosofia, storia dell'Arte, ed era una benedizione avercelo in zona uno come lui. Un po' rincoglionito, ma bravo.

Guadagnava molto bene con le lezioni private, d'inverno come d'estate. Con la sua preparazione, straordinaria nelle materie umanistiche, non aveva concorrenti in un territorio immenso, che prendeva due province. Ma dava tutto alla madre, che teneva i conti e amministrava in sua vece, meglio di lui.

«Sapete tenere un segreto, Ferruccio? Posso contare su di voi? Sulla vostra serietà di quasi prete?»

Quando Gerri l'americano gli aveva chiesto, come primo requisito per assumerlo da maestro, una segretezza assoluta, e glielo aveva chiesto con tono accorato ma deciso, Ferruccio non aveva affatto capito di cosa potesse trattarsi. Forse voleva confessarsi d'un peccato mortale, l'americano, ma lui non era prete, non aveva preso i voti. Non poteva confessarlo né dargli l'assoluzione, che cercava.

Come uomo lo metteva a disagio ricevere una confessione, non era affatto tagliato per le confidenze, che richiedevano partecipazione, coinvolgimento, pathos. Quando non studiava o insegnava, non voleva parlare con nessuno di niente né ascoltare nessuno mai. Voleva solo pregare il Signore in silenzio, e lo pregava ore e ore. La preghiera gli levava l'ansia, gli calmava i nervi più d'una tisana alla camomilla.

«Io dico tante balle, ma nell'impresa si devono sparare le balle, l'impresa legittima tutto, ed io sono imprenditore, un grande imprenditore, il più grande. Se mi dicono di tenere un segreto, dico sempre di sì, ma poi è no, nei fatti. Se mi torna utile, me la canto e non mi sento affatto in colpa. L'impresa assolve da qualunque questione religiosa, mentre non assolve da un cracchi finanziario, reato gravissimo, peccato capitale, ma non è il mio caso.»

Fatta la premessa, Gerri sperava in un incoraggiamento, in uno sguardo complice da parte di quel cadaverino, nemmeno valido a dire messa. Invece niente.

Il cazzo di mezzo prete non diceva nulla, un vero coglione, non lo aiutava a partorire la verità, era la prima volta, almeno con un estraneo, ma giurò a se stesso che sarebbe stata anche l'ultima. La cazzo di verità non la voleva nessuno, non faceva comodo a nessuno. Terrorizzava già solo la parola.

Gli costava parlare del suo segreto, lo metteva a rischio d'infarto, ma il Signore non avrebbe potuto permettere anche questa disgrazia.

Eppure, confidarsi con quella testa di minghia, era proprio una necessità, non c'erano alternative, ma il tipo non gli dava ancora quel minimo *la* da cui, prendendo coraggio, vomitare tutto il resto.

«Quanto a soldi, Ferruccio, amico mio, chiedete quel che volete, non ci saranno contrattazioni. La vostra richiesta sarà onorata, senza discutere. Ma oltre a questo, vedete, io ho amicizie influenti, a cui posso chiedere favori sempre, per me e i miei amici. Anche favori impossibili, non so se mi capite. Con me niente è perso, anzi se avete già un bisogno, vi prego non fate il timido, vi serve un favore? chiedete chiedete subito...» Se i soldi non facevano effetto, pensò Gerri, magari lo facevano le raccomandazioni.

«Una grazia da chiedervi ce l'ho, cavaliere, non è per me, ma per mia madre» disse di botto Ferruccio, e sembrò già sollevato da quella minima confessione, come l'avesse proprio partorita.

Cazzo di Fortuna, aveva abboccato e subito. Chiedeva già il finto prete, come tutti chiedeva. Minghia, quello era il tasto giusto e lui lo aveva beccato al primo colpo. Segno che nessuno ci sputava alle raccomandazioni, neanche chi, in apparenza, per raccomandarsi, aveva una scorciatoia che portava dritto al Padreterno.

«Allora? Sono tutt'orecchi, dite Ferruccio.»

«La faccenda è seria, per mia madre, per come la vede mia madre, che ne ha fatto una malattia.»

Gerri pensò che quando c'era di mezzo una madre, specie se rompeva i coglioni, la riconoscenza era garantita. Lo invitò ancor più a dire, a non essere timido, a svuotarsi tutte le budelle, magari col verme solitario che ci dormiva da anni al caldo.

«Tutto è cominciato dal Cuore di Gesù» disse e tirò tanto col fiato che potevano schizzarci fuori, assieme all'aria del petto, anche le costolette del torace.

Il coglione non andava al sodo, chiedendo un posto di lavoro, più posti di lavoro per chi cazzo voleva, magari per una buttana da sistemare nella sua fabbrica.

L'attacco, cazzo, era stranissimo, cominciava dal *Cuore di Gesù*. Non riusciva a capire dove parasse, eppure lui era bravissimo nell'anticipare i pensieri del suo interlocutore. Ma una cosa era prevedere i pensieri di un rappresentante di commercio, un'altra le cazzate d'un prete spogliato, per di più fuori di testa.

«Cavaliere Franzò, mia madre giura che il Cuore di Gesù dell'altarino, che ha fatto costruire nell'orto di casa, per grazia ricevuta, batte come un cuore umano pum pum pum. Non succede sempre, ma, quando succede, lei segna col lapis persino tot battiti al minuto.

«Una Madonna che lacrima s'è vista, anche lacrime di sangue, ma non s'è mai visto un Cuore di Gesù battere come un cuore umano pum pum pum. Allora ha pensato che di questo miracolo bisognasse informare il parroco del SS. Carmelo, don Gino.»

«Dunque? Andate avanti, amico mio.» Che stronzate gli toccava sentire, e pure fare finta d'essere interessato al pum pum pum del cuore di ceramica, pensò Gerri allo stremo della pazienza.

«Dunque, mia madre pensa che, per invidia pura, don Gino abbia fatto lo stronzo, scusate, e che solo per questo non abbia dato seguito a onorare e consacrare il miracolo.

«Io che, in Seminario, ho studiato tanta teologia so che bisogna andarci cauti coi miracoli, istruire processi di verifica, interrogare testimoni, onde scongiurare il fanatismo, la devozione ossessiva, pericolosissimi per la fede vera. Ma non oso contrariare mia madre, che oltretutto ha un solo rene, voi mi capite vero?»

Che stronzata, tutto qua il problema? Come si vedeva che questi fottuti sminghiati spretati non avevano cose serie a cui pensare, produzione, pubblicità, salari, banche.

Respirò profondo Gerri e, se l'aria si fosse potuta concretizzare in bene materiale, catastabile, quel che immise nei suoi polmoni equivaleva a un intero quartiere.

Il grande problema che affliggeva quell'idiota era dunque questo. Un parroco alcolizzato, don Gino, cui lui aveva fatto mille favori, e pure prestato soldi, rompeva i coglioni a una fanatica pazza, che però era sua madre.

«È cosa fatta, Ferruccio, vostra madre avrà grande soddisfazione. E se non è miracolo questo, che il cuore di Gesù batta come quello d'un uomo, cos'è miracolo allora? Certo che batte il vostro Cuore di Gesù nell'orto, il Signore ha scelto bene, con occhio fino, dove battere. Consideratelo già fatto, no probblèm diar!» A quel punto gli venne spontaneo dargli del tu, come a un bambino.

Dunque ora che, grazie alle strategie americane di comunicazione, l'ultimo ostacolo era superato, poteva parlar chiaro a Ferruccio, dire tutta la verità su Luna, sulla sua malattia, e averne in cambio garanzia d'assoluta segretezza. Levarsi dai coglioni una madre, come quella, valeva per Ferruccio assai più che onorare la sua piccola richiesta.

Luna doveva tassativamente studiare a casa. Per la sua rara malattia il sole era pericolosissimo, l'avrebbe ammazzata in un niente. Ma sua figlia, ormai cresciuta, non faceva affatto capricci, era attenta, si guardava dal pericolo come un'adulta.

«Ferruccio, mia figlia vuole studiare, anche se non ne ha bisogno. Cultura personale, e io non sono affatto contrario. Credo nella cultura.

«Io ho studiato poco e niente a scuola, ma in America

ho imparato moltissimo di tecnica aziendale, per esperienza, passione, studio. Capisco l'americano meglio dell'italiano, lo parlo da dio, ma non lo scrivo. Non sono portato all'ortografia, a che cazzo, scusate, serve poi questo cazzo d'ortografia? Fa concludere affari? Crea forse patrimoni? No, un cazzo di niente.

«L'importante è farsi capire da tutti, diventare, nel proprio lavoro, un lidèr. E io sono diventato un lidèr.» E ne era tale convinto d'essere un lidèr che questa volta, dopo cazzo, non chiese scusa a Ferruccio.

Don Gino immediatamente riconobbe il miracolo. Lo annunciò solennemente la domenica, alla messa delle 12, la messa più affollata. «Miracolo!» Il Cuore di Gesù batteva, faceva pum pum pum, e per questo miracolo straordinario aveva scelto la casa di Domenica Passarello.

Subito dopo il riconoscimento del miracolo, Don Gino organizzò pellegrinaggi settimanali di preghiera, ogni venerdì, al Cuore di Gesù che batteva, e la casa della Passarello divenne, con grande orgoglio della vedova, luogo di culto sacro.

Ogni difficoltà brillantemente superata, era per Gerri l'ennesima conferma dell'importanza dell'America nella sua vita. Considerava l'America padre e madre, più del cazzo di padre e madre che aveva avuto in sorte, alla nascita, dalla natura o dalla ventura.

L'America insegnava a pensare, a superare i problemi, per un probblem c'era sempre una solùscion, nel ragionamento, nella pratica, nel compromesso. Mentre in Italia ci dovevano, sempre e solo, pensare i Santi a risolvere i problemi di soldi, di malattie, di malocchio. Era il loro mestiere, quello. Non uno, cazzo, che si sbattesse il culo a risolvere un probblem. «Che paese di merda l'Italia, cazzo.» Lo disse così convinto e di cuore che nemmeno questa volta si scusò con Ferruccio, per il «cazzo».

Lo congedò subito dopo, con una stretta di mano così forte che quasi gli maciullava le falangi, ma era la sua naturale reazione al superamento d'un ostacolo, sbomicare, perdere il controllo, esagerare.

Gelsomina, da quando si era liberata da ogni dovere, di moglie e madre, era diventata talmente brava a scolpire che, della sua passione, aveva fatto un vero lavoro. Tutto era successo per caso. Non pochi avevano notato le testine degli angeli, della Madonna, di Gesù, che lei, per pena tenerezza o chissà cosa, lasciava gratis sulle tombe dei poveri, che avevano solo un'iscrizione da poveri, nome cognome data di nascita e morte del defunto, scavata sulla malta della tomba, quando ancora non si era solidificata.

Nel giro di pochi anni, s'era sparsa voce, nei paesi vicini, di queste statuine magnifiche, opera di Gelsomina, e da tutte le province limitrofe arrivavano i parenti, figli genitori vedovi vedove, a commissionare statue in marmo, statue in pietra, per i loro cari, ormai defunti.

Era diventata una vera professionista, non accettava però mai l'incarico, se prima non avesse avuto l'ispirazione giusta e gettato giù lo schizzo giusto con un carboncino.

L'ispirazione giusta veniva dalla storia che ognuno raccontava sul parente defunto. Quando i morti erano giovani, e il dolore era vero, quel dolore scolpiva al posto suo, le prendeva cuore cervello mani e li conduceva dove voleva lui. Allora, venivano fuori meraviglie di capolavori, che nulla avevano a che fare con la Morte.

Tutti restavano sbalorditi, commossi, mentre abbracciavano il marmo della statua e lo sentivano caldo come carne, come se ancora vi galoppasse il sangue vivo del loro caro defunto.

Cresciuti clienti e guadagni, in pochissimi anni, Gelsomina aveva cominciato a trattare coi fornitori di marmo come un imprenditore, marmo povero, pregiato, bianco grigio nero, ma quell'aspetto era il meno interessante, anzi era un fastidio. Le faceva perdere tempo, e se i morti non avevano problemi di tempo, ce li avevano i vivi. Una madre disperata voleva vederla subito, viva e bella nel marmo, la figlia che più non poteva abbracciare, baciare. La figlia bella, morta di tubercolosi a diciott'anni, solo qualche mese prima d'andare sposa all'altare col velo di tulle.

Non le aveva insegnato nessuno a scolpire, non aveva altri maestri che non fossero l'istinto e la solitudine, ottimi a giudicare dai risultati.

Aveva fatto costruire un grande magazzino dove lavorava, e guadagnava soldi a palate. Aveva anche 5 operai, 6 furgoni per le consegne, e due camion per il trasporto dei materiali.

Vederla scolpire era uno spettacolo. Mano mano che i volti, i corpi, prendevano forma, ci parlava, gli chiedeva se si piacevano, se si riconoscevano, per come li aveva scolpiti. Poi, sommersa dalla sua mantiglia di capelli biondi, in religioso silenzio ne ascoltava la richiesta, la critica, il desiderio.

Se il morto non era soddisfatto in pieno, gli proponeva un'altra espressione, un altro sguardo, un altro naso, un'altra pettinatura. Bastava poco perché fossero soddisfatti, quasi felici d'essere morti, bastava solo una frangetta, un baffetto, o bei boccoli lunghi.

Faceva discorsi da scultore, non da scalpellino. Il marmo, la pietra, il legno, dovevano scolpire la nostalgia, la commozione, il dolore. Persino la felicità, quando qualcuno, morendo, si era liberato del suo inferno di vita, e voleva rappresentarsi felice all'altro mondo, se mai c'era davvero un altro mondo.

Quando pensava di non aver raggiunto questo risultato, Gelsomina prendeva la statua a martellate, e ricominciava da un nuovo marmo, da una nuova pietra. I morti andavano rispettati più dei vivi, sicuramente, ma quasi nessuno la pensava così. Solo Luigino la pensava come lei, e per questo se n'era pazzamente innamorata, nonostante fosse di carne, non di pietra né di marmo, come i suoi precedenti amori. Nonostante avesse occhi naso bocca, scolpiti dalla natura e non dalle sue mani.

Se n'era innamorata subito, pazzamente, quando l'aveva visto disperato per la morte della sua giovane sposa, e con un filino di voce e due occhi gonfi, da bue, per il gran pianto «Ho un cavallo» le aveva detto, «cinque vacche, un toro da monta, due muli, e pure un aratro. Mi vendo tutto e vi pago in contanti, signora Gelsomina. Mia moglie era un angelo, voglio per la sua tomba un angelo a misura della sua altezza, della sua stazza, con la sua faccia e la sua bellezza. Anche se mi sembra difficile, perché lei era troppo bellissima, ma a Canicattì dicono che voi, signora Gelsomina, fate miracoli.» Ed era scoppiato in pianto con un tale singhiozzo che, ma poteva solo essere suggestione, s'erano spostati dalla parete, pericolosamente sussultando, tre lastroni di marmo.

Il miracolo lo aveva fatto lui, esile, piccolo di statura, accorciato dal dolore, ma ferrigno. L'aveva fatta innamorare, ed asini, cavalli, muli, vacche, e pure il toro da monta, erano rimasti al loro posto, nella stalla di Canicattì.

Da un paio d'anni, giusto il tempo del rispetto al lutto della defunta, ormai vivevano insieme, appena fuori paese, dove Gelsomina aveva fatto costruire casa e laboratorio.

Lui si occupava dello scarico dei materiali, del trasporto, degli ordinativi. Lei della scultura, del disegno, uno dieci cento schizzi, fino a quando non lo sentiva contento, il morto, soddisfatto e felice.

Quando i parenti si complimentavano della sua bravura, Gelsomina si stupiva e passava i complimenti alla Madonna, che l'aveva salvata, la notte del parto.

Però che strana la natura, il fatto di essere pazza, o forse solo d'essere considerata pazza, non le impediva d'esprimere un talento e lavorare per quel talento, anche venti ore al giorno. Se c'era lunapiena, qualche volta ci tornava alla casa di Gerri, ma non ricordava più nemmeno d'averlo sposato. Ci tornava solo per parlare alla Madonna, sfogarsi, confidarsi, chiederle consiglio su una statua, se fosse meglio scolpirla di profilo, oppure frontale.

Quando aveva conosciuto il vedovo di Canicattì, di cui si era perdutamente innamorata, per la prima volta nella sua vita, a trent'anni, lo aveva detto alla Madonna, ma come cosa già fatta, già decisa, per timore che non le desse la sua approvazione. Teneva al suo amore per Luigino e al suo amore per la Madonna, in parti uguali. Non voleva fare torto a nessuno dei due. E i due dovevano andare d'accordo, non provare gelosia.

Com'era bello amare, bello se uno l'amore se lo sceglieva, per un motivo preciso. Lei lo aveva scelto, l'amore suo, per come era devoto ai morti, e la devozione durava per sempre, non era come la passione, che durava poco e poi, di botto, si spegneva, come la frittata appena si levava il fuoco dal culo della padella. Certo, magari la passione durava un pochino di più, ma non tanto.

Anche di questo aveva parlato alla Luna, sicura come sempre che fosse la Madonna.

Di sua madre Gelsomina, Luna aveva solo qualche piccola scultura d'animaletti, qualche testina di legno, roba di molti anni prima, quand'era ancora una bambina e ci giocava.

Non le mancava una madre, come non le mancava un padre. Un padre vero, di quelli che leggevano nel cuore dei figli, senza fare domande, e non sbagliavano mai.

Ma solo nella finzione della poesia, del romanzo c'erano simili padri, non in natura. Scrivere di sentimenti era un fatto di bravura, viverli era un fatto di vocazione e di vita. Assai più complicato.

Le andava benissimo il suo, Gerri l'americano, sperso tra una fabbrica e l'altra, esaltato quanto coglione. Aveva idee chiarissime sull'argomento, non voleva gettare via neanche un attimo di sé, della sua vita, in sentimenti figliati da una vecchia insopportabile retorica sulla famiglia. Il cazzo di sentimento era solo una minaccia alla sua lucidità. Al suo equilibrio. Persino alla sua salute. Dunque niente sentimenti, che non fossero di letteratura, che non fossero di carta.

Era anche caparbia, curiosa, autoritaria, per niente incline alla commozione, come invece lo era Ciccina Frensis, ma forse solo per un fatto di vecchiaia, *i vecchi piangono sempre*, diceva con disprezzo Gerri.

Comunque fosse, vecchiaia o rincoglionimento, Ciccina Frensis, diventata tenera, insopportabilmente affettuosa, era però l'unica garanzia che tutto restasse com'era, sui binari di sempre, senza deragliamenti.

Emozionarsi poteva essere pericoloso, ancora peggio amare, meglio starne alla larga. Quello delle emozioni, dell'amore, era un terreno minato, su cui saltare in aria a ogni passo, e non c'era segnaletica per evitare d'andare in cocci.

Piovigginava quel pomeriggio di giugno alle 4, una fortuna. Poteva sbirciare fuori dalla vetrata, senza grossi rischi, e vedere chi c'era in cortile, di chi erano le voci che sentiva, dietro le due calate di tenda.

Tirò brusco la calata coprente di canapa, e li vide. Lo vide. Era alto, come alto, leggendo, s'era fatta l'idea che fosse un dio greco, o un eroe del tipo Achille. Non aveva più d'una ventina d'anni, ma sembrava più grande.

Per quanto si sforzasse, non riusciva a concentrarsi sui singoli lineamenti del viso, occhi, bocca, naso, come faceva quando studiava su un libro d'Arte un dipinto, o un gruppo marmoreo. Il suo sorriso faceva scomparire tutto, annullava il viso stesso e declassava il resto a ruolo di dettaglio. Un sorriso invasore invadente, un sorriso bastardo, da bastardi.

Certo che vederlo in carne un ragazzo di quell'età, con quel cazzo di fisico, era tutt'altra cosa. Aveva braccia forti, muscoli potenti, sotto una tuta da lavoro della *Gerri Soap*.

Gioiella si riparava dalla pioggia sotto la tettoia, mentre lui sembrava non sentirla affatto la pioggia, che lieve seminava sul suo viso amplessi di strana luce, incrociando la sua carne bruna con la trasparenza delle gocce.

In quali circostanze un uomo non sente caldo né freddo, né incendio né gelo, se non quando è innamorato?

Questo scrivevano fottuti poeti in fottute poesie, a meno che non fossero fottute cazzate. E ormai si era convinta che lo fossero. La vita, per chi se la poteva vivere, era ben altro. Della vita si riempiva la valigia vuota della gioventù. Era la vita il bagaglio. Un bagaglio che lei non avrebbe avuto mai, e solo per questo aveva dolosamente prolungato il tempo della fede nei poeti, un cazzo di fede.

Gioiella sembrava infastidita, seppur si mostrava impassibile come sempre. Ma la conosceva, e sapeva leggere assai bene sotto la sua maschera.

Si vedeva, invece, da come la guardava rincoglionito che il ragazzo era pazzo di lei. Un magnifico esemplare di maschio giovane, in cui ardevano giovani baccanti di sesso.

A quell'età, però, un ragazzo fa presto a cambiare idea, a quell'età un ragazzo segue i comandi del cazzo, non dei sentimenti, soprattutto se ce n'è un'altra, che gliela dà subito, che ci sta senza fare inutili storie, senza mettere tempo in mezzo, pensava Luna, nel tentativo di concedersi una possibilità, o almeno un'illusione.

In quel cazzo di sorriso c'era l'universo tutto, se voleva dirlo con una minghiata letteraria, e lei, che non aveva altro modo per conoscere l'universo, aveva già deciso per la minghiata. Come aveva deciso d'accogliere chi arrivava alla sua porta, per destino o avventura, come accoglieva gli uccelli che, di prima mattina, arrivavano sul davanzale della sua finestra e da quello capiva che era ormai giorno, ormai sole.

Il tipo aveva la tuta della *Gerri Soap*, quindi ci lavorava, ottima cosa. Poteva saperne di più, tenerlo d'occhio, mentre ormai già da qualche minuto lo spiava dietro i vetri e come chiara d'uovo, montata ad arte, le cresceva il disìo.

Solo pochi minuti e le sue carni adolescenti, i suoi sensi adolescenti, presero fuoco, com'era naturale. A quell'età di giovinezza il sangue correva a precipizio nelle vene come cavalli al palio della fiera.

«Tutto. Voglio sapere tutto di lui, Gioiella. Nome età da dove viene dove vive con chi vive.»

Gioiella richiuse quasi istintivamente il tendone di canapa, contrariata di trovarlo aperto. Era un'incosciente stupida imprudenza, un capriccio. Il sole poteva uscire da un attimo all'altro, da dietro quel pergolato di nuvole chiare, non chiedeva permesso il sole, faceva i suoi comodi, come voleva, quando voleva.

Era estate ormai, e quella era stata solo una burrasca pellegrina per abbeverare il grano e ingrassarlo, in attesa della mietitura. Quattro gocce passeggere, gocce sminghiate, solo in apparenza furiose.

«Come t'è venuto in mente» disse incazzata Gioiella e indicò la tenda pericolosamente aperta. «Anche se piove, pioviggina, anche se solo stizzìa, il Sole c'è. Sempre c'è. Non si vede, ma c'è, tu queste cose le sai meglio di me, tu le hai anche studiate sui libri.»

Tutto ha una doppia faccia, se uno ci sta attento, in natura come nell'animo umano. In apparenza Gioiella sembrava temere per la sorte di Luna, ma sotto sotto temeva assai più per la sua sorte.

Temeva che, per imprudenza di Luna, dovesse risponderne con la sua stessa vita, suicidandosi secondo il suo piano, già da anni perfezionato. E per quanto si dicesse pronta al gesto estremo, non lo era. La gioventù, infamia travestita da felicità, la richiamava potentemente alla vita.

«Leo si chiama, forse Leonardo, comunque alla fabbrica lo chiamano Leo. È un operaio di tuo padre, ci lavora da un paio di mesi, sostituisce uno che si è operato alla schiena e deve portare il busto di gesso.

«Per poco ancora resterà alla Gerri Soap, appena gli danno il visto per l'espatrio, parte. Va in America. Uno meno, lavoro non ne mangia affatto. Vuole tentare la strada del cinema, vuole fare il divo ed è convintissimo che ci riesce. Sicuro! In America non aspettano che lui! Lo aspettano a braccia aperte e cancinculo.»

Gioiella odiava anche solo sentirla la parola «America». Le aveva rubato sua madre l'America, dove tutti tutti volevano andare a cambiarsi la cazzo di vita.

Chissà, senza l'illusione di quel Continente, magari sua madre non si sarebbe mossa dal paese, in fondo era l'unico posto che avesse mai conosciuto.

Era stata un incubo nella sua vita questa cazzo d'America. Da che era nata, o quasi, non passava giorno che Gerri non parlasse d'America America America. Ce l'aveva sempre in pizzo di lingua, magari perché nessuno, essendoci andato, lo poteva contrastare su niente e lui le poteva sparare grosse, sempre più grosse, e lasciarli a bocca aperta gli operai analfabeti, che non si erano mai allontanati dal paese, se non per la visita di leva.

Ora anche questo manovale, belloccio, morto di fame, che non voleva saperne di lavorare, sognava l'America.

«È chiaro che ti vuole scopare, Gioiella, che sbava per te, che gli va a fuoco il cazzo per te. Gli scoppiavano le vene del collo, mentre fantasticava guardandoti il petto, e non sentiva nemmeno la pioggia, a quant'era fuso.»

«Devi venirci con me, in America, che resti a fare qua? Resti a contare i giorni i mesi gli anni, quanto ci vuole per Natale, quanto per Pasqua, quanto per la vendemmia, quanto per i fichi.

«Questa non è vita per nessuno, nemmeno per un animale! Scappiamo insieme, Gioiella mia, una fuitina d'amore, ci sposiamo prima di partire, lo giuro, sicuro, te lo giuro su Dio, così facciamo i documenti per me e per te, il signore e la signora Calabrò. Da regina ti faccio vivere in America, ti faccio fare una vita da favola, che qua te la sogni. Vestiti di seta lunghi fino ai piedi, con la coda che striscia in terra, come le dive del cinema, e le spalle di fuori.

«Con questo corpo da cavalla di razza, per un'attrice ti prendono in America, sicuro penseranno che sei una diva, e magari ti faranno sfilare per l'alta moda con questo culo, minghia, che pare scolpito, e queste cosce lunghe.

«È un'occasione che ti cambia la vita, non fare la scema, scappa con me.» Era stata questa la proposta di Leo.

Il bulletto già si vedeva ricco, a girare film, sognava sognava come tutti i mortidifame che emigravano in America. Poi, tra sei mesi massimo, quando il sogno andava a finire nel cesso, a testa bassa, avrebbe lucidato scarpe anche lui, in qualche angolo di strada, sperando nel buon cuore dei passanti, oppure sarebbe andato in campagna a zappare, senza capirci niente della loro lingua, correndo rischio d'impazzire per il fallimento, per la solitudine, per il tradimento che gli faceva l'America, solo una buttana traditrice come tutte le buttane.

Magari a quel punto, che ormai l'aveva presa in culo, e non c'era più niente da sognare, avrebbe cominciato a bere un bicchiere di vino, due, tre, poi un litro, per vedersi attore, almeno da ubriaco, quando solo l'incoscienza può salvare dalla realtà dei fatti.

Quelli come lui, molti, se non morivano prima d'ulcera, li rimpatriavano di corsa in Sicilia, coi pidocchi addosso e senza una lira. Irriconoscibili, stravolti, imbruttiti dagli stenti e dall'alcool.

Gerri lo diceva sempre che quasi tutti poi, emigrando in America, ci sbattevano le corna sul sogno americano e, se non morivano subito, sanguinavano moribondi a vita.

Luna lo pensava da un sacco di tempo che Gioiella era frigida, proprio un pezzo di legno, che non era attratta mai dalla carne, dai suoi piaceri. Era asessuata, dunque, non lesbica. C'era una grande differenza tra l'essere asessuata e l'essere lesbica.

Che una femmina potesse perdere la testa per una femmina, innamorarsene, scoparsela, l'aveva scoperto leggendo Saffo, da sola, senza indicazione di Ferruccio, che le consigliava solo letture prudenti, epiche non erotiche.

Gioiella non era lesbica, era proprio estranea al suo corpo, se ne serviva solo come d'un aggeggio, per camminare, mangiare, andare al cesso.

Era calata dentro un fantoccio d'un metro e settanta d'altezza, ma tra corpo e mente non c'era connessione alcuna, come se nervi e istinto fossero stati recisi a un certo punto, o fossero addirittura inesistenti per un difetto, fin dalla nascita.

Non era un fatto di cultura, né di scienza, ma qualcosa di molto più profondo, inestricabile come un nido di rondine, con cui si nasceva, proprio come si nasceva con un naso aquilino, a patata, a carciofo, un labbro risicato, la coscia lunga, il culo a elefante.

C'erano oppure non c'erano, il brivido, il desiderio, la passione, la depravazione. Non si potevano accendere per un atto di volontà come il fuoco nel forno, con quattro tronchi di legno asciutto e un po' di frasca.

Lei ce li aveva tutti gli ingredienti, dono di natura, ma per una bastarda malattia non aveva potuto viverli nella magia della carne nemmeno una sola volta, come tutte le contadine stagionali che sbarcavano in paese per il grano e la vendemmia.

Nella normalità degli esseri umani c'era l'uscita, l'incontro, fortuito o premeditato, e questa illimitata banale libertà creava le condizioni indispensabili per viversi la vita della carne nella stagione in cui il desiderio sessuale scalciava come un purosangue mai domato alla sella.

Per eccitarsi, non era impresa facile da sola, fantasticava situazioni limite, ove recitare da troia, da lupa affamata, il canovaccio dell'eros. La normalità non era erotica, era noiosa, accidiosa, disarmante.

Da ragazzina, quando la sua mente non si era ancora sessualmente evoluta, si eccitava già solo guardando il cazzo degli atleti, scolpiti nel marmo o nel bronzo. Quasi per una maledizione che si tramandava da madre in figlia, anche lei, come sua madre, aveva dovuto adottare uomini scolpiti nel marmo per i suoi solitari amplessi.

Ma arrangiarsi da sola, provocarsi orgasmi asserviti a fantasie erotiche, era un limite, una sconfitta, man mano che, crescendo, il suo corpo affamato di sesso chiedeva ben altro che merda di fantasie.

La Natura aveva dettato le sue leggi, assai prima che a

un cazzo d'uomo le aveva dettate agli animali. La legge di Natura era che si scopava in due, non in uno.

Ma quando proprio la cazzo di Natura contraddiceva alla sua stessa legge e si comportava da troia bastarda, come nel suo caso, allora ognuno il modo se lo trovava da sé. Non c'era una regola fissa per eccitarsi, masturbarsi, non si seguiva una precisa liturgia come per la messa in chiesa.

Se una ce li aveva sensibili, si poteva cominciare dai capezzoli come faceva lei, con atti di doloroso sadismo, che poi, poco a poco, diventava piacere, o forse era già piacere anche da subito, solo un piacere occultato, invisibile, mascherato da quello schifo di pregiudizio per cui c'era il dolore e c'era il piacere. Opposti e nemici.

E per quanto qualcuno, ogni tanto, lo contestasse, comunque sempre il principio restava quello, adottato ovunque. Al cesso si era stitici o la merda scorreva liquida come una spremuta d'arancia. Il capezzolo, masturbato, pizzicato, dava piacere o dolore. Non c'erano altre vie, non c'erano innesti tra gli opposti.

A sedici anni era ormai tempo di finirla con l'erotismo dell'adolescenza. Ora voleva scopare, andare oltre la sua mano, il suo dito, il suo spazzolino da denti, la melenzana nana dell'orto, accessori di masturbazione, sperimentati dal suo istinto, dalla sua fantasia, che professava ormai quasi fosse un'ideologia.

Com'era fatto un esemplare maschio, anatomicamente, lo sapeva, dai libri di scienza, dai nudi d'Arte. Ora era tempo di sperimentarlo nella carne viva della vita, quella che sudava, ansimava, pulsava, puzzava magari.

Ora voleva fare sul serio, voleva fare sesso con un ragazzo di carne, uno che sudava, pisciava, tossiva. Uno che usasse, scopando, ogni centimetro del suo corpo, e nemmeno un grammo della sua testa. La testa era fuorviante, disturbante, mentre il corpo era semplice, primitivo, quindi appagante. Affidarsi al corpo, alla sua elementare sinfonia, era l'esorcismo più efficace per quei maledetti demoni, chiamati sogni.

Affanculo volti di pietra, d'efebi sconosciuti, incancreniti in nicchie di musei. Lo voleva di carne il suo uomo, e voleva scalarlo tutto, assaggiarlo tutto, occhi, mani, lingua, piedi, cosce, culo. Lo voleva caldo come caldo era il sole. Come caldo era il brodo.

Lo voleva per passione, o solo finzione, non gliene fotteva un cazzo d'innamorarsi, ma di scopare, come tutti, tutti quelli che potevano fottere in un campo di papaveri, col culo al sole, come cani, come vacche. Magari, sperando in una metamorfosi, diventare cagna, vacca, liberarsi la testa dallo sterco dei pensieri, quello che leggeva, quello che sapeva, quello che era.

Il sesso era un mondo a parte, dove ognuno imparava senza maestri del cazzo, senza suggeritori, né copioni. Imparava per talento, per natura, per istinto, senza edificarci sopra, senza farne dibattito, senza spalmare un trofeo di commenti che, poi, erano solo stronzate.

Doveva coglierla quell'occasione, o non avrebbe forse mai più scopato, se non in fantasia, con un uomo di carne. Ferruccio era stato da sempre fuori discussione, Ferruccio era materiale sintetico, che si nutriva, defecava, pregava, obbediva. Null'altro.

Alla prima lezione, mezzo orbo anche lui, aveva recitato poesie, balbettando in modo penoso, scolorendo, già che era verdastro di pelle. Si era vergognato da morire, come un onesto ladro colto sul fatto, ad ammettere che erano sue, ma lo erano. Ed erano ingenue, patetiche, infantili, un diario adolescenziale, dove sfogava tutte le seghe che non si era fatto mai, per paura di dio, di sua madre, del diavolo, di se stesso.

Non c'era poeta, che Luna ormai non avesse letto e riletto. Odiato o concupito. La morte e la vita, persino la malattia, sembravano belle in Poesia. La Poesia truffava ingannava pigliava per il culo, andava al cuore d'un'emozione, la sfogliava come petali di rosa, la travestiva da puttana, la stuprava.

Ma l'inganno durava poco per fortuna, se uno aveva un cazzo di cervello, una mente fina, non solo un cazzo di sentimento.

Sembrava proprio dispiaciuto Ferruccio che Gioiella, la *signorina Gioiella*, non partecipasse alle lezioni, condannandosi così, inspiegabilmente, a una bellezza monca, rustica, priva di quello che lui, povero pazzo, considerava un Simposio d'arte poesia letteratura. Avrebbe voluto, e chissà quanto per questo aveva pregato, che la Poesia agisse su di lei come spirito santo sul peccato originario. Ma erano rimasti solo desideri d'un pazzo.

Per quanto fosse sessualmente ottuso, a Ferruccio non era sfuggita la spaventosa sensualità della ragazza, indifferente a lui, se non scontrosa, com'era indifferente allo studio, alla Poesia. Un vero delitto la sua indifferenza alla Poesia.

Ma a Gioiella piaceva il sole, la vita all'aria aperta, senza libri, senza rime, senza movimenti letterari. Se non fosse stato per il cruccio della sua pelle, che scuriva sempre più, avrebbe passato ogni giorno, dalla primavera fino all'autunno, spiaccicata al sole come una vecchia salamandra del cortile, di quelle che aspettavano al sole di morire per vecchiaia.

«La signorina Gioiella?» Quando Ferruccio chiedeva di lei, un attimo dopo, faceva sempre gli stessi gesti. Un confuso segno della croce, che poteva anche essere un tic nervoso, una sussultante torsione delle spalle, come in preda a una scossa elettrica, e una prolungata grattatina in testa.

Forse la sua carne, morta da sempre, ancor prima di nascere, poteva succedere, dava segni epilettici di finta vita di fronte a quella bellissima bruna, che aveva occhi da zingara, e capelli lunghi, fino al culo. Sciolti o a coda di cavallo.

I suoi erano, invece, turbamenti involontari, non premeditati, sfuggiti solo al suo controllo da mezzo prete, da mezzo uomo, come quando una lucertola restava col corpo trucidato a metà e la coda, ormai per suo conto, da tutt'altra parte, si torceva ancora, ancora ballariàva, si tuculiàva, senza che più la testa le desse il comando. Poi, di botto, alloppiava, restava immobile, morta per sempre, consumato del tutto quel bocconcino di nervi, sopravvissuto solo pochi minuti alla fatale ferita.

«Ti piace Gioiella ahhhh!, Ferruccio! Te la faresti eh, magari vestito da prete, prete depravato, che c'è più sfizio.» Solo in queste occasioni, quando Luna non si controllava, Ferruccio perdeva il suo colore di panna rancida e arrossiva di botto, come avesse preso fuoco tutto. Ma anche quella era la reazione involontaria d'un attimo, senza significato recondito.

Sollevava gli occhi sotto l'asta metallica delle lenti da pretino, in segno di flebile protesta, più rammarico forse, ma non diceva nulla, forse nemmeno pensava a nulla. Come niente fosse riprendeva a leggere latino in metrica, e la metrica, esametri pentametri adoni endecasillabi enneasillabi, era lo strofinaccio fidato, con cui asciugava sempre il suo imbarazzo.

La magrezza di Ferruccio, il suo colore di pelle, grigio paglierino, verdastro, panna acida, a seconda del momento, facevano sospettare un verme solitario che, al sicuro nelle sue viscere, ingrassava a dispetto della carne che lui perdeva, come d'autunno gli alberi perdevano le foglie.

Negli ultimi due anni, dai quattordici ai sedici, Luna si era esclusivamente concentrata sull'amore e la letteratura, che era l'unica lente d'ingrandimento per chi, come lei, viveva sequestrata tra quattro mura, seppure mura di lusso. Era dunque ormai tempo di passare dalla pagina alla vita, dalle rime della poesia ai muscoli del corpo.

«E tu che fai, Gioiella, tu ci vai in America con lui?» Luna pose grande attenzione a che la sua voce non tradisse nessun personale interesse, e la sua voce risultò atona, assecondò perfettamente la finzione. Del resto fingere era un esercizio di sopravvivenza, in cui da sempre eccelleva.

«Non ci penso proprio ad andare in America, né con lui né con nessuno. Non gli ho neanche risposto a quel fanatico zaùrdo villano, dalla mia faccia l'avrà capito che la risposta è no, che non ci vado.»

A Gioiella non gliene fregava proprio un cazzo di Leo, aspirante attore. La preda era dunque solo sua, aperta la caccia non doveva spartire con nessuno. Poteva considerarlo obiettivo già raggiunto, non che un'altra di mezzo potesse costituire un serio problema, ma innegabilmente Gioiella era più femmina, più sensuale di lei, almeno in apparenza. Ma a letto l'apparenza non pagava, pagava la seduzione vera, quella che metteva radici in profondità come un neo maligno.

«Faccio una pazzia Gioiella, ascoltami bene. Se non me lo porti qua, magari con la scusa che ci vuoi parlare tu, che ci stai pensando seriamente al discorso dell'America, me lo vado a cercare da sola, magari domani a mezzogiorno, e così m'abbronzo pure.»

Gioiella pensava subito al suo pozzo segreto, ogni volta che si prospettava l'ipotesi della morte di Luna. Non era pronta a morire, non avrebbe ancora voluto morire, anche se non sapeva proprio che farne della sua vita, mai cominciata davvero, solo appesa ancora nel cellophane come tanti suoi vestiti nuovi dentro l'armadio, in attesa d'essere indossati, prima di prendere odor di tanfo. E magari una volta o l'altra succedeva davvero, ma non sapeva quando, né se.

In quel sospeso, che non osava chiamare attesa, pensava a sua madre che, in un rimorso di coscienza, avrebbe potuto finalmente venirsela a prendere, portarsela in America per sempre, anche se con sedici anni di ritardo. Magari poi, superata la rabbia, l'America le piaceva davvero, e anche sua madre le piaceva davvero.

Pensieri nascosti persino a se stessa, pensieri che, ogni tanto, uscivano fuori di botto come catarro vecchio dal petto, e i polmoni alleggeriti tornavano a respirare.

Luna non era il tipo che potesse piacere a Leo. Un corpo infantile, poca carne, poco petto, poco culo, l'espressione snob da ragazza ricca. Di femmina non aveva niente, se non un pacchio di femmina, ma quello ce l'avevano tutte. Il suo modello ideale di femmina era Gioiella.

«Perché cazzo perdiamo tempo? Pensiamo a noi due, invece che a quella stronza snob. Vieni da me stanotte, e giuro che te le faccio vedere io le stelle, le più luminose, come non ne vedrai mai più. Alle ragazze piace guardare le stelle o no?» aveva detto Leo, con chiara allusione a una nottata di sesso spaventoso, furioso, senza affatto sospettare che Luna gli aveva messo gli occhi addosso e che Gioiella eseguiva soltanto, senza entusiasmo, sotto ricatto, un suo preciso ordine.

Voleva solo lei, non gli importava un cazzo della figlia del cavaliere Gerri, una stronzetta come lo erano tante, se erano ricche e avevano il culo pieno. Una volta diventato primo attore in America, quello che al paese sembrava una trave, lì diventava una pagliuzza. E chi cazzo se lo filava in America, nel mondo del cinema, dove lui sarebbe diventato una star, Gerri il siciliano?

A naso gli faceva antipatia Luna. Era la figlia d'una testa di minghia, con una faccia da culo, tarchiato, borioso, che aveva fatto fortuna in America, perché a quel tempo era facile farla. Questione d'età, questione di periodi. Il prima e il dopo non contavano, però, quello che contava era farcela. E su questo non aveva dubbi, lui ce l'avrebbe fatta, avrebbe sfondato, col suo nome vero, solo pronunciato all'americana, *Lionard*.

Si sapeva che Luna aveva studiato col professore a casa, come studiavano i figli dei ricchi e dei nobili. Si diceva che avesse modi da gran signora, ma che se ne faceva lui dei modi? Lui per il suo cazzo cercava uno sticchio caldo, che avesse l'umidità giusta, quella del latte quando cominciava appena a diventare ricotta, ma si manteneva ancora più liquido che cremoso. Un miracolo di natura davanti agli occhi del pastore, che non l'abbandonava un solo attimo. Il miracolo lo faceva il fuoco, le sue vampe che trasformavano il latte, gli davano un'altra meravigliosa nuova vita, come a lui l'avrebbe data l'America.

Per quei pochi secondi che l'aveva appena vista, dietro la vetrata, Luna non era il suo tipo. Non gli alzava di botto la temperatura del cazzo, non gli faceva scoppiare le tempie con quella vampata di calore, che lo tramutava tutto. Partiva lieve dalla punta dei piedi, poi, in una manciata di secondi, diventava tempesta di fuoco. E sotto la tempesta l'uomo svaniva, restava solo la bestia affamata.

Questa trasformazione, da uomo a bestia, che avveniva proprio davanti ai loro occhi, moltissimo eccitava le braccianti stagionali. Ci volevano stare tutte quante con la bestia, che gli sbavava sul collo, tutte lo volevano cavalcare il suo cazzo, lungo e duro più d'una pannocchia di granturco, tra spighe alte quanto un uomo, se non più. Se ne fottevano del pudore di femmine, signorine o maritate, se ne fottevano di soffocare il rantolo del piacere, mentre glielo schizzava nella profondità del ventre il suo seme miracoloso, ma anche nella voragine della gola.

Dall'adolescenza andava avanti così, c'era stato con tutte quelle che avevano la carne calda, di femmina cavalla, e venivano per lavorare da braccianti, a giornata, da ogni parte dell'Isola.

Femmine vere, che non si facevano scrupolo d'onore. Maritate o vergini, si passavano la voce che lui aveva per cazzo un fenomeno di natura, gli sbottonavano la patta dei pantaloni in ginocchio, verificavano il fenomeno e, inginocchiate, invasate dietro a quella fantasia che gli levava ogni stanchezza, se lo godevano senza perdere tempo. Ci sapevano fare, meglio assai delle puttane a pagamento. Le ispirava il desiderio, che era il padrone più potente in assoluto.

Femmine che non si saziavano mai, che gli avevano insegnato tanti trucchi, pure i punti del corpo in cui una femmina perdeva del tutto la testa, e qualche volta capitava che sveniva, una mappa di luoghi del piacere, a cui da sé un maschio non avrebbe pensato mai.

Era tutto d'un pezzo il maschio, si concentrava solo sul suo cazzo, mentre la femmina aveva i suoi luoghi segreti, sensibili al piacere. Ma c'era poco tempo, tempo che si rubava al lavoro, col rischio d'essere scoperti e perderci un po' di paga, quando si scompariva dietro un grappolo di viti, in ginocchio, uno dietro l'altra, come in natura i cani, i cavalli, senza guardarsi in faccia mai, che non ce n'era bisogno, che non c'era niente da dire, c'era solo da godere, da fantasticare.

Se proprio era un passaggio obbligato incontrare la figlia di Gerri, scambiarci due parole, pur di scoparsela Gioiella e levarsela per sempre quella spina dalla mente, prima di partire per l'America, l'avrebbe fatto.

Troppo lo inquietava, anche nel sonno, la ragazza dagli occhi colore della pece, tanto che di notte, sulla paglia, sburrava due tre volte, mentre dormiva, come un torrente quando prende la china, furioso, improvviso, da cheto che era solo un attimo prima.

Troppo gli piaceva quella cavalla bruna, per lasciar perdere, e poi, cazzo, al di là dell'apparenza fredda, non attraversata da una sola emozione, da un solo turbamento, possibile mai non avesse preso niente dal temperamento di sua madre, che s'era fatta scopare da uno di fuori, di cui non sapeva nemmeno il nome. E aveva fatto bene, così si faceva quando una sentiva la vampata della carne, così, senza freno, senza pensieri.

Doveva ancora solo per poco fare finta di sottostare ai suoi capricci, assecondarla anche in cose assurde, come questa, ma quanto prima se la sarebbe scopata. Il frutto era ormai maturo, e lui era stato paziente, c'aveva saputo fare. Anche in natura era così, non tutti gli alberi crescevano dritti, e allora bisognava raddrizzarli, fargli prendere il verso giusto.

Con certe femmine bisognava pazientare, fingere di dargli il comando, e aspettare. Lei era una di quelle ed era l'unica, tra tante, che gli fosse capitata così, cazzo.

Non aveva il sangue caldo di quelle che non facevano perdere tempo, che quando le penetrava erano già bagnate, come un canalone d'acqua in piena campagna. Quei canaloni che abbeveravano carciofeti, limoneti, aranceti, saziavano la terra e davano al frutto la lucentezza dello smalto.

La cavalla pazza di sicuro era dentro di lei, solo che per paura, per orgoglio, chissà perché, non le dava via libera, non le apriva la staccionata, anche solo per godersi lo spettacolo della corsa, il petto ardito da guerriera, la coda al vento, gli stinchi superbi.

«Prima con lei, poi con me» gli aveva detto Gioiella, impassibile come sempre. C'era da impazzire se la richiesta era quello che pensava lui, ma forse significava un'altra cosa. Magari che la cazzo di padrona, Luna, gli voleva parlare per prima, come sempre toccava ai padroni, poi dopo, solo dopo, sarebbe stato il turno di Gioiella.

Ma magari quelle due stronze si erano accordate tra loro per prenderlo in giro, farsi quattro risate e ammazzare la noia. Buttane.

Comunque l'occasione non era da perdere. E quando mai nella vita gli era successa una cosa simile, da raccontare anche in America. Magari là era normale, scopare in tre, e gli avrebbero riso in faccia, ma qui no, non era affatto normale, qui era eccezionale.

Magari quelle due, che non scopavano in terra tra il grano maturo come le contadine, erano viziose, depravate e lo volevano fare insieme, due femmine e un maschio, un gioco eccitante, nuovo. Una fantasia da uomini non da femmine. Insieme, non una prima e una dopo. E a lui stava benissimo, a condizione che si facesse presto, prima possibile, che già gli scoppiava cazzo e testa.

«Giovedì sera puoi venire, ma dopo le otto, lavati per bene, mi raccomando» gli disse Gioiella, a fine turno, appena fuori dalla fabbrica, fissando l'appuntamento. Confermava in pieno che era una stronza, una senza sangue. Se uno ha passione, pensò Leo incazzato, in quei minuti, sotto una simile bomba di sensazioni, col cazzo che sente gli odori. Nemmeno se ci fosse intorno una vacca morta, un'intera mandria di vacche morte, e sulla putrefazione un tale esercito di mosche che, piano piano, di quelle vacche non sarebbero rimaste che le carcasse, spaventose a vedersi. In quei momenti in cui un maschio e una femmina si penetravano, allippati come sanguisughe, il sangue circolava pazzo nella giostra delle vene, e il corpo restava come sospeso tra vita e morte. Altro che odori e fetori. Ma guarda a che cazzo pensava quella stronza, figlia d'una troia.

Gioiella, profumato o no, sciacquato o no, sbarbato o barbuto, non si sarebbe fatta toccare da Leo nemmeno un dito del piede. Secondo l'accordo con Luna, aveva solo fatto da esca, ma poi si sarebbe subito squagliata.

«Morta! È già in rigor mortis, dev'essere successo di notte, una morte nel sonno, una santa morte.»

Era venuto il medico di famiglia a constatarne il decesso improvviso, senza che nessuno avesse sentito un solo rantolo, e lo constatava nel linguaggio ufficiale da medico, in cui un po' di latino d'effetto non mancava mai.

L'avevano trovata sdraiata sul letto, vestita di tutto punto, come riposasse, invece era morta, e la sua camicia da notte, ancora piegata per bene, stava ai piedi del letto, secondo l'abitudine.

Bisognava subito avvisare Gerri con un telegramma, per predisporre il giorno del funerale, e dargli tempo d'arrivare dal suo viaggio di lavoro, mentre i 5 figli maschi di Ciccina Frensis, morta nel sonno, arrivarono tutti quasi subito, e pure le mogli.

La notizia scoppiò come una bomba e, dalla fabbrica, fece il giro di tutto il paese. In fondo il morto non era uno qualunque, ma l'unica sorella del cavaliere Gerri, il padrone della *Gerri Soap*, che dava da mangiare a mezzo paese, se non tutto.

Per telegramma Gerri dispose funerali maestosi, senza badare a spese. Ogni cerimonia che riguardasse la sua famiglia, dai battesimi ai funerali, doveva sempre avere i requisiti della magnificenza, della regalità. Negli anni, su questo punto, non aveva mai cambiato idea, semmai l'aveva rafforzata, ingigantita.

Una carrozza, a otto cavalli bianchi, avrebbe condotto Ciccina Frensis dalla villa alla Chiesa, e dalla Chiesa al Camposanto, dove sarebbe stata sepolta nella cappella che Gerri aveva fatto costruire stile americano, a tre piani, in granito nero e rosa del Portogallo, perché non desse l'idea del Cimitero, ma di una villa ollivuddiana.

Anche il funerale poteva, doveva, essere un'ottima occasione per fare pubblicità al suo benessere, al suo successo. Ma era anche una cartina di tornasole per contare, uno a uno, quanti testa di cazzo c'erano a dare l'estremo omaggio del saluto a un membro della sua famiglia. Era un modo infallibile per pesare la gratitudine di quei bastardi ingrati, che sfamava assieme alle loro famiglie, ormai da vent'anni.

La Chiesa matrice doveva scoppiare di popolo, esigeva il tutto esaurito in Chiesa e fuori dalla Chiesa, sulle scalinate d'accesso.

L'incontro a tre, per il giovedì, era dunque saltato. Cazzo, pensò Leo, la malasorte si accaniva contro di lui. E tutto perché una vecchia scimunita aveva stabilito di crepare il mercoledì notte, proprio quel mercoledì, non il mercoledì della settimana prima, né quello della settimana dopo. Solo per rompergli i coglioni.

Ma come poteva anche solo averci un filo di pietà per una stronza che gli guastava la festa? Di sicuro non se ne sarebbe fatto niente, affanculo la sua attesa, affanculo il suo vagare con la mente in giochetti erotici, noti e ignoti, affanculo il suo bagno d'un'ora nella vasca di zinco, piccola e stretta, vasca da farci il bucato, con acqua gelida di pozzo. Anche se l'idea di scopare con un morto dentro casa, esposto in salotto, glielo fece gonfiare, per un attimo, come un cannolo ripieno di mostarda.

Già dal primo pomeriggio fu sistemato in salotto il catafalco, un catafalco spettacolare, allestito con cuscinetto e lenzuoli di seta, a grandi balze di merletto. Tutt'intorno i figli, le nuore, i nipoti, piangevano forte, o solo facevano finta. C'era un'afa terribile, e il corpo esalava già fiati puzzolenti di putrefazione.

Dal paese vicino, per iniziativa di Gelsomina, arrivò una motoape, carica di blocchetti di ghiaccio perché il corpo di Ciccina Frensis non si sciogliesse come burro avariato sotto gli occhi di tutti. Era esperta in queste cose, nessuno ne sapeva quanto lei dei morti.

La putrefazione ne divorava già ogni centimetro di carne, e il fetore era spaventoso, poiché Ciccina Frensis era morta a pancia piena, e per cena aveva mangiato una padellata di broccoli stufati, con aglio salsiccia e sugo di pomodoro fresco.

Furono aggiunte sponde di legno al catafalco e su di esse fu disposto il ghiaccio che, velocemente, c'era il fuoco dell'afa fuori, cominciò a scolare a terra, formando pozzanghere.

Dopo il tramonto, sul sofà di fronte alla morta, sedette Luna. Le visite di lutto al catafalco erano ormai sospese per la notte, si sentivano solo le nuore sbuffare per la fatica imprevista di raccogliere tutto il ghiaccio sciolto, pericolosissimo sul pavimento per chi ci fosse, sbadatamente, caduto sopra.

In meno d'un istante tutti gli occhi furono addosso a lei. Nessuno sapeva la verità su Luna, nemmeno i figli di Ciccina Frensis. Nello stipendione, che Gerri le pagava, era compreso in primis il silenzio, fino alla morte. E davvero nella tomba Ciccina se l'era portato il segreto di Luna, stando ai patti con grande lealtà.

Perfetta sembrava la ragazza, e anche molto bella, un viso da madonnina. Il difetto però ci doveva pur essere. Ma dove, dove cercarlo? Muta non era, ringraziava anzi con un tono di voce elegante per le condoglianze, gli occhi ce li aveva e d'un bellissimo celeste, si muoveva con disinvoltura, aveva un'altezza media, perfetta per una femmina, e pure due mani, con cinque dita per ognuna. Solo per le dita dei piedi, chiusi nelle scarpe, non si poteva esserne altrettanto certi.

Su e giù, dai capelli ai piedi, dai piedi ai capelli, ognuno la scrutò sperando di vedere anche un solo difetto. Magari si toglieva le scarpe, solo un attimo, e il difetto era proprio là, nei piedi. Ma non le tolse mai.

Non c'erano dunque difetti visibili, forse però era sorda. Bisognava dunque chiamarla a tradimento, chiamarla alle spalle, vedere se si girava. *Signorina Signorina*, e lei si girò, immediatamente. Nessuno, nemmeno i cugini, osavano darle del tu, ordine tassativo di Gerri, fin da quando era nata.

Alla domanda pretestuosa, giusto per farla parlare, magari era balbuziente, *quando si fanno i funerali, signorina*, la ragazza rispose scandendo velocemente e, in modo perfetto, le parole. Non era sorda e nemmeno balbuziente, quell'espediente aveva, in un solo colpo, escluso due grossi difetti di nascita.

Cazzo, restava dunque per tutti un mistero il suo isolamento, da sempre, in ogni circostanza. Ma forse il motivo era quella minghia di stile americano, di cui sempre Gerri si vantava, quello stile che metteva lui sul piedistallo e faceva sentire loro delle merde, non dei parenti stretti. E quindi, per mettere anche sua figlia sul piedistallo, l'aveva educata stile americano.

Gelsomina, intanto, piegata ad angolo retto per superare la cordigliera del ghiaccio, prendeva alla morta le misure della testa, per fare la statua, servendosi d'un cordoncino come metro.

Al funerale, il sabato mattina, alle undici in punto, Luna non c'era. Sulla sua assenza non furono fatte illazioni, bocche cucite. Il metodo usato con quella marmaglia, la minaccia di sbatterli fuori dalla fabbrica a calci in culo, era stato vincente. Da subito. Ormai nessuno, a rischio di licenziamento, avrebbe più nemmeno pronunciato il solo nome di sua figlia. Addirittura, poiché molte parole cominciavano con «lu» di Luna, tipo lunedì, le evitavano scrupolosamente.

Bastardi, vigliacchi, traditori, così bisognava fare, e ricordargli sempre chi era il capo, chi con un semplice calcio in culo, li poteva sbattere sulla strada, da un attimo all'altro.

I pensieri non poteva controllarli, non ancora, ma nessuno, di quei banditi, ad alta voce o anche solo sussurrando, si sarebbe azzardato mai più a pronunciare il nome di sua figlia.

Coglioni! Pensavano che tutte le malattie si stampassero sul viso, o sul corpo, come macchie d'umido sull'intonaco dei muri, o come il sangue quagliato della morte si stampava sulla carne dei cadaveri. Ignoranti! Le malattie più terribili, come quella di Luna, o il cancro, o chissà quante altre, erano invisibili a occhio nudo. Covavano da dentro, uccidevano da dentro, flagellavano da dentro, martoriavano da dentro e, nell'invisibilità più assoluta, stabilivano il loro quartier generale.

Che gonna magnifica, a palloncino, la gamba vi sfilava ancora più sottile, lo stelo d'una margherita. Bellezza! Aveva una vita così piccola come mai aveva visto in nessun'altra.

Certo era ancora vergine, non aveva partorito, i fianchi non si erano svallati a causa della gravidanza. La gravidanza lo distruggeva il corpo d'una femmina e, anche a restare magra nel resto del corpo, il punto vita non tornava mai più come prima. Ed era quello che, a occhio nudo, distingueva subito le vergini dalle maritate.

Peccato che ancora al paese non fossero arrivate le macchine fotografiche, perché una simile bellezza, un corpo simile, da cavalla purosangue, andava immortalato in mille pose, pensò Leo quando se la vide davanti, Gioiella, alta quanto lui, se non più, sui tacchi dei sandali rossi.

Poteva mai essere insensibile al piacere del sesso una ragazza così sensuale, come madrenatura l'aveva fatta? A meno che, in coerenza al principio che tutto non si poteva avere nella vita, Dio le aveva dato altezza bellezza sensualità, ma non il piacere del sesso, che era anche una dote di natura, la più importante in una femmina.

Senza impulsi di sesso, che differenza c'era tra lei e una statua? Se abbracciate, entrambe sarebbero rimaste immobili, gelide, senza quelle serpi di sangue, che accendevano il piacere o, come già qualcuno lo chiamava, in Palermo, l'eròs.

Certo poteva essere andata proprio così, ma sarebbe stata una disgrazia, e per lui una presa per il culo, e non aveva con chi prendersela, a chi spaccare la faccia, visto che a prenderlo per il culo era la sorte. Non ci voleva pensare, non poteva rassegnarsi a questa tragica eventualità. Voleva sperare, essere ottimista.

«Sì, facciamo domani sera» gli disse finalmente Gioiella, «ma non prima delle sei. Il cavaliere è partito ieri per il suo giro d'affari, tieni conto che Ferruccio, il professore, se ne va alle cinque, cinque e mezzo, ma mai un minuto più tardi. Questo è sicuro, perché alle sei in punto, con la madre, già recita il rosario al sacro Cuore di Gesù, pregando che torni a battere.»

Ultimamente, infatti, il Cuore di Gesù faceva capricci, qualche sera se ne stava fermo, muto, e la madre di Ferruccio perdeva la testa, lo torturava, gliene dava la colpa per essersi spretato, per non pregare più con la fede d'un tempo. E per punire lui, il Signore puniva lei, la privava del miracolo, un miracolo unico al mondo, il sacro cuore che batteva solo nella sua casa pum pum pum.

«Ti faccio sempre la stessa raccomandazione, làvati, dalla testa ai piedi, làvati bene, al profumo ci penso io. C'è quello del Cavaliere, ne ha tanti, e lui non torna prima d'una settimana dal suo giro.»

Cazzo sembrava telecomandata, uno di quei meccanismi con comportamenti umani che, in America, si chiamavano robbò, e che Gerri aveva decantato in fabbrica come massimo esempio di tecnologia all'avanguardia, con cui sostituire gli operai loquaci, mentre i silenziosi non correvano rischi di licenziamento.

Gli diceva, ancora una volta, di lavarsi tutto, dagli occhi

al buco del culo, con la stessa aria di comando, con cui glielo avevano detto al servizio di leva, solo che la sua era voce di femmina e quella era voce di caporale.

Non c'era stato un solo momento in cui i suoi occhi si fossero accesi, pensò Leo, vicinissimo ormai alla meta. Lo snobbava, ancora, lo guardava dal suo piedistallo come un pezzente o, peggio, come un coglione, ma appena l'avesse avuta di sotto, corpo a corpo, le sue cosce di cavalla tra le sue, non c'era più scampo per lei, l'avrebbe accesa tutta come una candelora, accesa a vita, quella stronza.

Ore minuti secondi, uno a uno, li aveva contati, aspettando quel momento. Un supplizio di nervi, mattino, mezzogiorno, notte, col corpo che protestava e gli sparava dolore ovunque, e il suo carattere, furioso di natura, represso come un mulo preso a pedate.

Non c'era proprio niente che potesse fare, aveva valutato ogni ipotesi, e azzerato ogni ipotesi. Andarci, varcare quella soglia sacra, e chi era lui per fare questo? Nessuno. Erano giorni di lutto, solo i parenti stretti erano autorizzati alla visita. E se il cazzo di Gerri si mangiava la foglia, e lo licenziava su due piedi, senza ascoltare nemmeno domineddio? Quello un caino era, quando si fissava.

Lui sarebbe rimasto col culo a terra, senza paga, mentre gli serviva ogni lira della sua paga, fino all'ultimo centesimo. Con quei soldi ci doveva ancora pagare metà del biglietto per l'America, che costava più d'un matrimonio di contadini, mobili compresi, asino e cavallo compresi.

L'America gli cambiava la vita, non lo sticchio d'una ragazza, per quanto molto gli piacesse. Aveva dunque solo aspettato, torturandosi, e masturbandosi, ogni giorno e ogni notte, più volte di giorno, più volte di notte. Con l'ossessione di Gioiella negli occhi, e un inferno nei sensi, che non volevano saperne di prudenza e buonsenso. E gli davano del *minghia*, gli si ribellavano, lo azzannavano, lo facevano giustiziare da una congiura di muscoli e nervi, che la smania dell'attesa centuplicava, rendeva sempre più aggressivi.

Nessuna mai aveva desiderato tanto, nessuna mai lo aveva fatto penare tanto, eppure ne aveva avute anche di più belle, con occhi buttàni, occhi di fuoco, che gli accendevano il sangue all'istante e, in pochi attimi, in pochi spasimi, la piena del sangue arrivava al suo cazzo.

Alla ragazza mancava un'anima gioiosa, eppure, viveva senza pensieri di niente, viveva da ricca, quasi figlia del padrone. Non le mancava nulla e, anche in fabbrica, la guardavano con soggezione, perché non era alla mano e non sorrideva mai.

Non sorrideva proprio mai, neanche con gli occhi sorrideva, mai una spiga di luce nella pupilla, e così gli occhi sembravano sempre cupi, autoritari, minacciosi.

Bella era bella, ma le mancava la bellezza della gioventù, quella che avevano tutti alla sua età. E tutti da giovani facevano minghiate, senza scrupoli, senza freni, tutti si lasciavano andare a quello che veniva, a come cazzo veniva, e vivevano. E anche se gli mancava il pane, non gli mancava l'amore, perché la giovinezza accendeva velocissimo l'istinto come la piccola vampariglia d'un fiammifero.

Una volta erano risate, una volta lacrime, per passaggi rapidi bruschi, senza spiegazioni, senza riflessioni. A quello serviva la gioventù, a riflettere bastava il tempo infinito della vecchiaia.

Nell'attesa dell'incontro, Leo aveva preparato una lunga lista di fantasie sessuali, che aveva disegnato a matita con schizzi perfettamente realistici, non vagamente allusivi.

Adorava disegnare, gli veniva molto bene, mentre stava messo male con la scrittura. Sapeva scrivere solo il suo nome, il suo cognome, e poco altro, mentre nel disegno non aveva limiti, si sentiva padrone della linea, del cerchio, della curva. Si sentiva un artista.

Il suo non era sesso da campagnoli di paese, il suo era sesso di città, sesso fantasioso, fantastico, artistico. Sesso di piacere, niente a che vedere col sesso da matrimonio, senza fantasia, tipico di quelli che, la sera, si coricavano nello stesso letto e, se non avevano troppo sonno, ci scappava una botta e via.

Nella lista c'era pure una posizione sessuale di gran moda nei casini, che a Palermo chiamavano il 69. E a lui quei numeri, disegnati a mano libera e a matita, erano venuti benissimo, un vero capolavoro sul foglio, che pure era spiegazzato e di brutta carta. Soprattutto il cerchiettino del 6 e del 9 sembrava fatto col compasso.

Il suo cazzo era una scultura di madrenatura, non poteva dimenticare come gliel'aveva guardato l'ufficiale medico, alla visita di leva. Due occhi tondi, da bue, che a momenti gli schizzavano fuori, finendo tra le carte sulla scrivania, quando lui glielo aveva sparato in faccia come una carabina, perché, per vedere se c'erano tutt'e due i coglioni e se stavano al posto giusto, lo aveva acchiappato con una certa pressione delle dita.

Poi, al momento di congedarlo, in quanto inabile al servizio militare, riformato per tonsillite cronica, gli aveva dato una pacca d'intesa sulle spalle, sperando di farsi inculare, per gratitudine.

La prima, la seconda, la terza sigaretta, aveva già fumato. Una dopo l'altra, la nuova accesa mentre l'altra inceneriva, mentre un pezzo di specchio rotto, appeso storto alla parete, gli diceva *sei bellissimo.*

Per quanto diffidente fosse di natura, doveva crederci. Gli specchi non raccontavano minghiate. Non erano pupi umani che le sparavano enormi come balle di fieno. Gli specchi dicevano la verità, e bisognava crederci.

Una bella camicia a quadri, ma niente giacca, era troppo caldo per la giacca ormai.

Alle sei meno dieci, era già al cancello, aspettando che fossero le sei in punto. Voleva cominciare bene, senza contestazioni di minghia sull'orario, che avrebbero potuto rovinare l'incontro.

Le ragazze, con cui era stato, facevano caso solo al cazzo non all'ora, ma quelle erano femmine non stronze come queste.

Il Sole era quasi al tramonto, ma ancora non poteva dirsi notte. Sbavature di rosso copulavano felci d'azzurro, grappoli di nero, e in quell'avvinghiarsi sensuale di colori vide rappresentato il suo amplesso. Anche il cielo stava dalla sua parte.

Pensò che non lo aveva mai fatto di notte, che era la prima volta che lo faceva in una casa da signori, in un letto vero. Non era la camera sfatta d'una prostituta, una sedia, un boccale d'acqua fredda e la bacinella pronta, perché altro non serviva. Né era un campo di spighe mature, col sole sulle natiche o sui coglioni, a seconda di come la ragazza chiedeva di stare, sotto o sopra, nei pochi minuti rubati alla mietitura o alla vendemmia.

Lo intimoriva quel posto silenzioso, senza nessuna spia di vita, peggio d'una chiesa, ma solo un poco e, a scongiurare la paura, si toccò il cazzo, sua fidata sentinella, suo impavido guerriero. Era là, là dove doveva stare, là come sempre, già armato e pronto all'attacco. Non l'aveva mai tradito, e neanche questa volta l'avrebbe tradito.

C'era solo la biondina, col suo cazzo di nome, Luna. Che scherzi di minghia erano. Con un gesto della mano, come si faceva coi cani non coi cristiani, la figlia di Gerri l'americano gli chiedeva di seguirla, di sicuro in una grande stanza con un grande comodo letto.

Bene, si cominciava e subito, scongiurato ormai il pericolo che fosse solo lo scherzo di due stronze, snob depravate annoiate, col culo pieno di chi aveva già tutto, che, poi, magari gli ridevano in faccia e lo trattavano da stronzo perché s'era illuso, perché ci aveva creduto.

Non c'era traccia di Gioiella, di sicuro lo aspettava già nuda sotto la luce della candela. Alla penombra il suo corpo, nudo, attraversato da rami di luce, doveva essere eccitantissimo, e il suo cazzo s'eccitò subito, già solo al pensiero, anzi ancor prima del pensiero stesso.

Nella sua stanza, tre in avanti sul corridoio rispetto a quella di Luna, nascosta sotto una trapunta invernale pesante, eppure erano giorni caldi di scirocco, Gioiella viveva da sola gli spasimi della febbre, con brividi feroci al petto, alle spalle, alle braccia, alle gambe, ai ginocchi.

Non aveva l'influenza, né l'intossico. Era un male dell'anima a farla tremare tutta, come la terra quando la squassa la violenza, imprevista e infinita, d'un terremoto.

Un male dell'anima, che il corpo faceva suo, frustato ovunque da dolore, da tremore, da brividi, da spaventosi sussulti, accartocciato tale che ne spariva l'altezza, ne sparivano gli arti. Restava solo un manichino abbandonato in una discarica, senza testa senza braccia senza gambe.

Nell'assedio di quel dolore, di quel tremore, il suo corpo si era, cosa incredibile, trasformato, era quasi scomparso.

Sembrava un numero da circo, quando, con mosse esperte veloci, sotto gli occhi sbalorditi di tutti, la ballerinetta contorsionista faceva sparire la sua testa nella cava delle sue stesse cosce, e di lei restava solo, raccolta ad arco, la schiena ossuta e lucente per i trucchi dell'unguento. L'inganno dei sensi faceva poi il resto.

Di Gioiella, oltre un metro e settanta d'altezza, nel letto c'era solo un pezzetto di carne pavida, che lasciava ossi sul materasso, attenta a non farsi sentire, a non farsi sfuggire neanche un solo lamento, un grido, un singhiozzo, soffocati sul nascere, sotto la coperta.

Il pensiero era sempre quello, un'ossessione da ventiquattr'ore ormai.

La braccava per visioni devastanti, per allucinazioni spaventose. Poteva forse essere una soluzione quella d'accecarsi con le sue stesse dita, strappandosi gli occhi, senza un grido? oppure trafiggersi le pupille con un chiodo lungo, di quelli sul muro del palmento, a cui s'appendevano i panieri della vendemmia? Lo aveva pensato, quasi realizzato, fermandosi appena un attimo prima.

Farle scomparire subito doveva, quelle immagini persecutorie, disintegrandole, come quando, a pietrate, distruggeva la sua immagine riflessa dentro l'acqua del pozzo. E il suo viso si eclissava, all'istante, maciullato in scomposta bellezza da una pietra, solo da una piccola pietra che sconsacrava la quiete dell'acqua. Ma la mente, l'anima, non erano un riflesso dentro l'acqua cheta d'un pozzo.

Aveva pure pensato a una più radicale soluzione che non fosse accecarsi. Ammazzarsi tutta, per ammazzare solo la sua pena, il suo tormento, centrandoli al cuore, da dove cominciava e finiva la vita. Gettarsi nel suo pozzo di mattoni rossi, annegare in quella magnifica tomba d'acque chete, che lei teneva pulitissima, sempre pronta, e custodiva come fosse il suo letto di sposa, per quando fosse arrivato il momento di morire, uccidendosi.

Come avevano potuto poche ore, minimi gesti, cambiarle la vita, una miserabile vita di cui aveva o s'illudeva d'avere il pieno controllo?

Eppure il sole c'era ancora, 24 ore dopo, eppure i gelsi erano là stremati di frutto, eppure la notte col suo azzòlo faceva il suo mestiere, come sempre. Quindi nulla era mutato oltre il confine della sua testa e del suo cuore.

Ormai, sopraffatta da un'angoscia spaventosa, da cui neppure il suo cinismo, la sua apparente indifferenza, potevano più proteggerla, voleva solo sparire, voleva solo morire.

Nel tempo d'un giorno, 24 ore, 1440 minuti, 86.400 secondi, aveva rivissuto, un milione di volte, quella scena, quelle luci, quei movimenti, quei dettagli. E un milione di volte l'aveva azzannata lo stesso lancinante dolore, sconosciuto solo 24 ore prima, che le sbranava cuore testa stomaco, e contro cui non valeva, di sicuro, l'acqua bollita con l'alloro di Ciccina Frensis, un toccasana per tutto.

Un paradiso e un inferno era stato, un paradiso e un inferno era, per una come lei, che non credeva nel Paradiso e non credeva nell'Inferno. Per una, come lei, che si era attrezzata a una vita piatta, indolore, sotto anestesia, una vita che nulla poteva mai molestare, dove nulla mai poteva succedere di nuovo, spaventoso, sconosciuto.

Una vita senza domande, se si escludeva l'irrisolta domanda del suo strano nome, sul perché si chiamasse Gioiella, come nessun'altra ragazza in paese. Ma non c'era stata mai risposta, il segreto era custodito in America da una madre, che aveva perso a quattro anni, che l'aveva venduta per pochi spiccioli a un finto americano.

Il suo inferno era cominciato la sera prima. Una sera normale, come sempre, come tutte le altre, ma anche i temporali più devastanti nascevano, improvvisi, da un cielo cheto e azzurro.

La grande vasca d'acqua in giardino avrebbe dovuto compensare Luna per quel mare vero che non avrebbe visto mai, se non nella potenza d'un quadro o nella poesia d'un poeta.

Era una minghiata solo pensarlo, il Mare non ammetteva sostituti, come sostituti non ammetteva la Madre, per chi una madre non ce l'aveva.

Però quell'acqua fresca di pozzo le spegneva l'arsura del corpo quand'erano giorni di maligno scirocco. Non era affatto una di quelle vasche piccole, da bucato, che si usavano anche per il bagno, quando in paese si era, finalmente, diffusa l'abitudine di lavarsi il corpo, tutto in una volta, non pezzo a pezzo.

In quella vasca grande, certe notti d'estate, Luna si concedeva nuotando l'illusione del Mare, ma sapeva benissimo che d'illusione si trattava. E all'illusione s'abbandonava proprio come, nella sua semplicità, aveva sperato Ciccina Frensis, quando ancora era solo una bambinetta, che correva inseguendo, di notte, stelle e luna. Pur s'abbandonava all'illusione di quel Mare che, di giorno, al Sole, non avrebbe visto mai. Quel Mare vero che, di notte, cambiava faccia, perché la luce del giorno trasformava deformava. Arricchiva impoveriva. Divinizzava brutalizzava.

E lei, che odiava le approssimazioni, i surrogati, le somiglianze, il *come se*, non c'era mai andata di notte al mare vero, al mare con le onde, con lo spasimo della mareggiata, con lo sperma della salsedine che, però, non poteva mai essere bello e potente come lo aveva conosciuto nella finzione della Poesia, nella majarìa dei poeti.

L'acqua nella vasca conservava ancora la calura del giorno. Di schiena, la pelle bagnata di Luna faceva da muro a un rampicante sconosciuto in natura, i suoi lunghissimi capelli biondi. Biondi come, invece, non erano i suoi, come non sarebbero mai stati, per quanto da bambina avesse tanto sperato e pregato che le crescessero biondi, e l'aveva pure sognato tanto, ma inutilmente. Sogni di bambina, per cui nemmeno Dio aveva tempo. Invece i suoi capelli, quasi a farle dispetto, scurivano di anno in anno, e nemmeno il sole dell'estate ormai li schiariva più.

Nuda era Luna e, col suo nudo corpo, compariva e scompariva nell'acqua, per movenze irreali, quasi vi danzasse una ninfa, o i petali d'un fiore. Solo la luce lieve d'una candela scandiva i tempi della scomparsa e dell'apparizione, innescando, per incoscienza o truffa, acrobazie magiche, realizzate per gesti minimi, impercettibili all'occhio.

L'acqua era profonda, Luna avrebbe potuto scomparirvi tutta, se solo per sé avesse voluto custodire il segreto del suo pube, del suo seno, dei suoi fianchi. Offriva, invece, la sua nuda minacciosa bellezza alla cospirazione della candela che la illuminava tutta come l'ultimo sole del tramonto illumina lo scoglio a mare. Una luce erotica, pallida ma inquietante.

Un attimo prima, lo teneva in superficie, il suo corpo

nudo, puntando a forza i talloni, perché non svanisse sott'acqua. Un attimo dopo, invece, lo riconsegnava, completamente, in un'alternanza astuta, spaventosa, sensuale, d'immersioni e riapparizioni, approdi e naufragi. Femmina, non più bambina, come se ogni minimo gesto fosse stato da millenni studiato, provato, perfezionato. E quello ne era infine il debutto.

Chiudeva le cosce, le schiudeva, per gesti lievi, sensuali, non più d'una manciata di secondi, il tempo della Bellezza, il tempo del Desiderio. Come quando la bassa marea lasciava nudo il fondale, per qualche istante, e quell'improvvisa sconosciuta nudità restituiva all'occhio di chi guardava un tempo mitologico di felicità e meraviglia, per conchiglie, ossi di seppia, scavi dell'onda recente, o fantasmi d'un'onda antica.

Dopo la bassa marea, il Mare tornava a seppellirlo il fondale, gli imponeva le sue dittature. Da quel momento si poteva solo sperare nell'illusione d'un catasto magico, che tenesse conto solo del desiderio, oltre ogni realtà di natura.

Lei, sperando proprio in un catasto magico, era rimasta sospesa incantesimata a guardare Luna, in attesa che un'altra bassa marea spalancasse, al disìo degli occhi, la femmina grotta di pelo bruno, che fioriva dalla schiusa delle sue cosce e custodiva il carnivoro fiore del pube. Era bruna la fioritura di pelo sull'inguine, e creava un contrasto magnifico con l'oro dei suoi capelli.

Schiudeva ancora e ancora richiudeva le cosce, come un magico scrigno, a capriccio, forse con malizia o forse solo per gioco.

Se n'era accorta Luna del suo inferno che la sbattuliava come un terremoto, o invece se ne fotteva proprio, appresso solo al suo terremoto di sensi, un capriccio della sua adolescenza che, comunque, aveva ormai le ore contate.

Bisognava aspettare pazientemente la sera dopo, 24 ore appena, perché, con un rozzo manovale di campagna, senza storia, senza sentimento, senza parola, che si lavava poco, che sudava di stalla, che aveva un cazzo grande e grosso, il suo terremoto di sensi diventasse estasi.

Estasi già dimenticata, un attimo dopo, se di quell'inganno di sensi non fossero rimasti scheletri, figli senza padre, debiti pagati a vita, come sua madre che aveva messo un intero oceano in mezzo, nella speranza di dimenticare, cancellare, ripulire, e chissà se poi c'era riuscita davvero.

Non l'aveva mai vista nuda, nemmeno da bambina. Forse recitava quella messinscena apposta per lei. Magari Luna pensava di scandalizzarla come scandalizzava Ferruccio per molto meno, preparando, quasi recitando, un amplesso davanti ai suoi occhi, per poi riderci del suo stupore da bacchettona. Un gioco ingenuo, dunque, senza cattiveria, senza secondi fini.

Né mai avrebbe potuto immaginare, e come, quel che lei stessa non aveva sospettato mai, essere aggredita, azzannata, da un desiderio della carne così mostruoso e innaturale. Un suggeritore maligno, un demonio sconosciuto, contro cui avrebbe lottato, impegnando ogni grammo della sua volontà, della sua dignità, anche a prezzo della sua stessa vita.

Ma sarebbe bastata la sua miserabile volontà contro una tale furia di sensi, si chiese, già in pasto a un sentimento di vergogna, mai provato prima, seppure ogni pezzetto della sua scura carne, del suo cuore, della sua anima, gridava innocenza, innocenza, innocenza.

Non ci furono parole, ma quella era l'abitudine tra loro. Si sentiva solo l'acqua parlare il suo magico incomprensibile linguaggio, inquietata dal corpo minuto di Luna, che nuda vi duellava coi piedi, il culo, il petto.

«Ora fammi un bel massaggio, mi raccomando, dalla nuca al mignolo dei piedi, voglio una pelle morbida come cera, vediamo cosa sai fare, Gioiella.»

La provocava Luna, ormai dentro casa, avvolta in un candido lenzuolo di lino, che avidamente succhiava acqua dal suo corpo bagnato. Voleva essere toccata tutta, dalla nuca ai piedi. Era sesso? Era amore, era gioco? Era fantasia? Era scherno? Pensò, senza trovare risposta, mentre il corpo nudo di Luna aveva, ai suoi occhi, la bellezza d'una statua di Gelsomina, a dimensione umana.

Luna era protagonista e regista del piccolo spazio teatrale. Si fingeva già preda catturata della magia dei sensi, mentre, nuda, a faccia in giù, sul suo lettino, le passava un barattolo di crema profumatissima, di marca francese, per il massaggio.

Non potevano affatto guardarsi in quella posizione. Una fortuna, pensò Gioiella, che almeno non rischiava d'essere scoperta a rubare l'incanto del suo corpo, l'estasi che le consegnavano i suoi fianchi, le sue natiche, le sue cosce, la sua tenera pelle di capretto. Mentre sempre più sorda e nemica sentiva la sua volontà.

I fianchi di Luna erano come se li avesse scolpiti nel marmo, Gelsomina. Anche il culo sembrava scolpito nel marmo.

Poco a poco, il collo slanciato sgusciò da sotto i capelli, come il sole quando infine si liberava da nuvolaglia vagabonda, in cerca del suo cielo.

Cominciò dalla caviglia, scarna e spigolosa, poi su, fino alla vita minuta, su ancora per le spalle fino alla nuca, con movimenti duri, quasi geometrici, all'inizio. Non decideva la sua mutilata o nemica volontà, ma le sue mani decidevano, tempi e ritmi, dove sostare, dove accarezzare, dove sperare, dove trasalire, dove scongiurare.

Era come risalire un fiume, di cui non si fosse visto che un piccolo punto di guado, e batteva forte il cuore sotto la corazza del petto. Chissà che oltre quell'acque, chete parche, non ci fossero rapide, dove il fiume provava la sua folle corsa, sperimentava il suo coraggio, il suo carattere, con minaccia di morte per chi vi s'affidava, confidando nella pacatezza d'un metro prima.

Neanche il suo corpo aveva guardato mai, e il poco di sé, che aveva solo intravisto, per caso non certo per civetteria, l'aveva disturbata. Provava disagio della nudità, dell'intimità. E ora, che per la prima volta lo vedeva un corpo di donna, nudo, l'istinto la guidava sempre più a osare, rischiare, toccare.

Istinto fortissimo, che inceneriva ogni pensiero di pudore, di prudenza, appena concepito, eppure riusciva ancora a frenarlo quell'istinto, quel demonio. Ma ancora per quanto, pensava, incendiata e incantata, Gioiella, mentre le sue mani sbandavano, ubriache e vaghe sul corpo di Luna. Ribelli bastarde traditrici mani, che volevano impastarlo quel corpo, minacciosamente nudo, magnificamente nudo, come fosse farina di pane. Bastarde traditrici mani che in ogni centimetro di quel corpo volevano seminare le loro radici, a garanzia che non fosse solo sogno, un sogno di merda e, se lo era, da subito prepararsi all'angoscia del risveglio.

Bastarde affamate mani che scalavano le gambe di Luna, le sue cosce, come rampicanti d'edera un giovane muro al Sole. E traghettavano già il corpo della ragazza nel suo, e il suo corpo ne diventava ormai il contenitore. Non più il suo conosciuto corpo di sempre, ma un corpo nuovo e sconosciuto che, per desideri pulsioni ribellioni, dettava ormai spudoratamente, ferocemente, le sue leggi. Impossibile opporvisi, senza essere sbranata, impossibile obbedirgli, senza esserne espatriata.

Sudava tremava, spaventata esaltata, in alternanza di fuoco e gelo, mentre Luna, ignara di tutto, estranea a tutto, fantasticava, di sicuro, sul manovale Leo, sui suoi imminenti imenei, senza tulle da sposa né confetti bianchi.

Cercò spiegazione nella maledizione, nella malattia, maledisse, si maledisse. Non ci credeva al diavolo, ma se come tutti ci avesse creduto, quella era opera del diavolo.

Non si sapeva in paese d'una sola ragazza che avesse questo difetto, maledizione o malattia, non sapeva che nome dargli, sapeva solo che era contro la natura umana, contro tutto quel niente che sapeva della vita.

Ce n'erano moltissime ragazze della sua età, in paese. Ma tutte avevano il fidanzato o un marito. Molte scappavano e tornavano già gravide dalla fuitina. Alcune, quelle che sentivano forte la passione, come cagne in calore andavano appresso all'odore del maschio, altre non lo sentivano affatto il maschio, però ci stavano, lo subivano, si facevano scopare, perché quella era la natura, quella la regola. Almeno per sentito dire.

Dunque lei era un caso unico, spaventoso, in tutto il paese, forse in tutto il mondo, come la malattia di Luna, e lo scopriva a vent'anni.

Il suo corpo la tradiva, la tradivano i suoi occhi, la sua carne eccitata che, spavaldamente, inspiegabilmente, passava dal gelo al fuoco.

Anche la Natura in Sicilia passava dal gelo all'afa in una notte, e, per magia, era subito sboccio, fioritura, frutto, colore. E tutti sembravano felici, piaceva a tutti il caldo, la frutta, il sole.

Anche l'abbandono di sua madre era stato un brusco passaggio, dal caldo al gelo, ma lo aveva ormai cancellato o s'era solo illusa d'averlo cancellato.

Luna, persa in chissà quali fantasie erotiche, canticchiava, sembrava non sentirlo affatto sulla sua giovane carne il fuoco delle sue mani, l'isteria dei suoi gesti, come un attimo prima non ne aveva sentito il calore disossante del gelo, la geometria del gesto. Né sentiva il suo cuore che sparava nel petto come tuono, congiurato anche lui assieme al resto del corpo.

Magari il suo era solo un malessere passeggero, sperò, come quando, per un giramento di testa, il mondo sembrava capovolgersi, sottosopra, mentre non lo era affatto.

Se solo avesse avuto confidenza con la Madonna, avrebbe potuto confidarsi con lei, come facevano tutte. Ma non le piaceva affatto la madonna né i santi né dio. Non avevano volto, occhi, voce, parola, gesto. Non dicevano sì, né no, non si commuovevano, non si incazzavano. In un certo senso anche sua madre era una madonna, una madonna emigrata in America.

Si sentì ingigantire, lievitare, e la trasformazione avveniva in pochi minuti. Avrebbe, dunque, avuto un altro corpo, irriconoscibile, obeso contenitore del corpo di Luna. Si toccò braccia gambe fianchi, in preda a un impotente terrore. Erano però come prima, avevano peso e forma di prima, e anche lo specchio rifletteva la sua figura di sempre, alta, slanciata, magra.

Magari tra un attimo finiva tutto, ed era stato davvero solo il fantasma d'un giramento di testa, perché la mattina non mangiava più pane e latte, perché restava a digiuno, ormai faceva troppo caldo per il pane e latte.

Maledetta la sua ignoranza, magari, se avesse anche lei studiato con Ferruccio, un poeta l'aveva già descritta questa cazzo di malattia, le aveva dato un nome, una cura. E non si sarebbe sentita preda d'un agguato fatale del demonio.

Invece no, aveva voluto sempre restarsene in disparte, nascondersi, evitando chiunque potesse spiarle il cuore, là dove lei stessa non spiava mai. Lo sentiva vuoto, il suo cuore, come i nidi abbandonati in fretta sugli alberi dalla madre, dopo la schiusa delle uova.

Avrebbe voluto opporsi, sconfessare l'istinto, processarlo, condannarlo, prima che la sottomettesse del tutto, prima che la svergognasse, la divorasse. Ma le sue mani, ormai sulle natiche di Luna, se ne fottevano un cazzo del comando, della sua volontà, di quel che voleva o non voleva.

Non comandava più niente del suo corpo, né un dito né una vena o un capillare, ostaggio dei suoi sensi in delirio, mentre solo il profumo della crema per il massaggio ristabiliva l'illusione della normalità.

Il suo corpo, un nemico di cui non conosceva le forze o

le aveva sottovalutate, la consegnava, di momento in momento, a un piacere spaventoso e sconosciuto. Serrò le gambe tanto che nelle cosce, per giorni, sarebbero rimasti lividi di sangue.

L'istinto faceva da suggeritore. Andò in fondo, andò oltre, senza arretrare, passò il guado. E oltre il guado, inerme la colse il primo orgasmo della sua vita, una bomba lanciata contro di lei da una ragazza che se ne fotteva, una nata femmina come lei, con due mammelle, due capezzoli, due gambe da femmina, e genitali di femmina.

Si sentì come si sente il cieco dopo il miracolo della vista, circuìto dalla meraviglia di forme e colori sconosciuti, tentato da ognuno di essi, incapace di prendere una direzione, terrorizzato dalla paura di tornare al buio, di ricominciare a tastare oggetti, spigoli, rotondità, misurando piccoli spazi, per passi incerti, pavidi, esitanti.

Si vide persa. Persa per sempre. Sparata a caso in una vita, dopo averne vissuta un'altra, da cieca, da sorda, da muta.

Cosa fare ora? Ora che il traditore, il bastardo, che intanava chissà dove, chissà da quanto, nel suo stupido corpo, era venuto allo scoperto, non poco a poco, ma velocemente, per disarmare lei, già inerme. E aveva fatto benissimo i suoi calcoli, perché lei già soccombeva, umiliata, tramortita.

Luna si girò veloce, come una serpicina che ruotasse su se stessa. Aveva gli occhioni chiusi, e Gioiella si sentì come la prima volta al mare, quando, a Cala del Re, aveva visto le onde avventarsi giganti sulla riva, eppure non aveva indietreggiato d'un solo passo di fronte a quella spaventosa bellezza.

S'intravedevano solo piccoli fiordi della sua pelle chiarissima, là dove i capelli, sparsi sul petto, prendevano sentieri diversi, ma limitrofi.

Indugiò ancora sul suo corpo, massaggiando collo e braccia, paralizzata da quel seno bellissimo, da quei capezzoli color guscio di noce, da prendere a piccoli morsi, come le nespole di maggio, scippate calde dal ramo.

Uno sforzo disumano tenere a freno la bocca, la lingua, che, spudorate baccanti, volevano assaggiare mordere leccare, a questo destinate da natura. Con sovrumano sforzo di volontà, o solo per un atto di pietà del suo corpo traditore, riuscì a controllare l'una e l'altra, ma non sapeva per quanto ancora. Potevano solo essere attimi secondi minuti. Doveva far presto, sottrarsi a quel supplizio, approfittare della pietà momentanea dell'avversario o solo della sua momentanea indifferenza.

Tutto nella vita era finzione, mascheramento, ma ammetterlo era una banalità, peggiore della finzione stessa. Non aveva nessun titolo di studio, non aveva fatto nessun esame in nessuna scuola di nessun grado e, sebbene la sua preparazione fosse nei fatti liceale, in una eventuale certificazione si sarebbe lapidariamente scritto «analfabeta».

Aveva letto, commentato, approfondito, centinaia di poeti e poesie, fino a farselo lacrimare, per lo sforzo, quell'unico occhio sano, quando leggeva greco, scritto minuscolo con spiriti e accenti. Mentre Gioiella, che scriveva facendo errori elementari, senza acca dove l'acca ci voleva, con accento dove l'accento era una bestemmia, aveva la licenza elementare, ben documentata nei registri della scuola.

Non aveva letto poeti e faceva mattanza dell'ortografia, ma massaggiava meglio d'una professionista, e lei si sentiva ristorata a meraviglia, sotto le sue mani.

Una primavera di vene venuzze capillari risvegliava magicamente il suo corpo, alla vigilia del suo primo amplesso vero, tra un maschio e una femmina. Altro che amarsi da sola, cercando nella conca del suo inguine, un millimetro di nervi a cui chiedere un orgasmo di sensi che dopo la facesse dormire, le spegnesse l'ansia, le narcotizzasse i pensieri, almeno per il tempo sacro di qualche ora, fino a che i suoi pensieri, assassini in agguato, non fossero tornati a minacciarla.

Era tempo di fare sul serio, di fottere, e farsi fottere, chiamando i gesti con il loro nome. Era ormai giunto il tempo della normalità, per finzione che fosse.

Masturbarsi era infantile, era ammettere la sconfitta, ratificare la solitudine. Si masturbava chi non aveva un uomo, una donna, con cui dividere sudore respiro sputo lingua, un amplesso da serpi nella stagione degli amori.

Questo pontificava la letteratura nella retorica dell'attesa, nell'enfasi dell'attesa, ma chissà poteva anche essere solo un bluff, la prova era ormai vicina.

Scoprire, magari, che scopare era come leggere un poeta nuovo, esaltazione, disperazione, infine noia, dimenticanza, in filmica sequenza.

Tra le sue suggestioni, tutte da verificare, c'era che il corpo del maschio fosse caldo. Caldo in natura. Come, in natura, lo era lo scirocco, quando di notte, sotto la luna, gli lasciava la finestra aperta, e si lasciava spogliare, accarezzare, penetrare dall'invisibile amante d'aria. E per un po' trovava pace.

Il caldo era erotico, lo era anche lo scirocco. Quasi per analogia, associava caldo a sesso, a piacere, e per inesperienza aveva fatto, del sesso, una finta mitologia, pronta a mandarla affanculo, come tanti altri miti, non appena l'impossibile fosse diventato possibile.

Guardò Gioiella, ce l'aveva di fronte. Rigida, come le statuine che scolpiva sua madre Gelsomina, regina incontrastata del Cimitero. Quelle non sudavano, non desideravano, non scopavano, non sentivano caldo né freddo. Semplicemente erano. Materia erano. E, una volta che la materia ne avesse fissato l'espressione giusta, non la cambiavano più, non invecchiavano più, fino a quando il marmo o la pietra non fossero andati in mille pezzi.

La gioventù, per chi moriva giovane, era assicurata per sempre solo dalla pietra e dal marmo. Chi si costruiva la tomba da vivo, decidendone foto marmo scultura, anche se ormai avanti negli anni, o addirittura vecchio, chiedeva a Gelsomina una scultura con fattezze da giovane, invidioso di chi, nella tomba accanto, esibiva la sua finta eterna giovinezza.

Avara di parola era stata sempre, Gioiella. Non era una con cui scambiare confidenze, o fare riflessioni ad alta voce, sperando anche solo in un *sì non so bisogna vedere* e simili stronzate.

Non si emozionava, o faceva finta. Anche di sua madre, sparita in America, diceva che non gliene fregava niente. Poi, chissà.

La Poesia le aveva insegnato quali tormenti, quale sangue vivo, quali passioni devastanti si nascondessero sotto parole chete, blande, inermi, che facevano da corazza.

A Gioiella che, però, usciva quando e come voleva, col sole d'agosto o il gelo di marzo, poteva sempre capitare un tizio, una testa di cazzo qualunque, per caso incontrato, o una situazione qualsiasi, altrettanto per caso capitata, che mettessero in moto una metamorfosi, contro cui sarebbe stato impossibile lottare. Contro cui sarebbe stato inutile armare la volontà.

L'uomo non era bronzo pietra marmo, era carne, e la carne mutava, bisognava solo trovare la via d'accesso per il cambiamento.

Gioiella evitava il Sole perché la scuriva, aveva questa fissa, e non se lo godeva mai. Mentre lei, se solo avesse potuto, se lo sarebbe mangiato, come una nespola, una ciliegia, con tutto l'osso.

Gioiella andava in fabbrica, si comportava da padrona. In fabbrica erano quasi tutti maschi e picciotti, di sicuro le lasciavano gli occhi addosso. Era prosperosa, alta, mentre lei era minuta, anche se ben proporzionata e con colori di grand'effetto, soprattutto in uno spicchio di Sicilia in cui erano tutti scuri, d'occhi capelli e carnagione.

Questi pensieri restarono, come sempre, solo pensieri muti, non licenziati con parola dalla mente. Dunque il convincimento era che il calore era sensazione e generava senso, ma poteva anche essere l'incontrario. Discorsi complicati. Aveva provato a farli con Ferruccio, ma niente, se solo si sfiorava il discorso sesso, la sua pelle cinerina prendeva fuoco, come se tutta la lava d'un vulcano gli si fosse concentrata sulla faccia. Cominciava subito a tossire, una tosse insistente, asmatica. Si grattava a sangue, gli sparavano bolle d'orticaria ovunque. Così, a tutela della sua salute, aveva deciso di lasciar perdere.

Lo sentì sul davanzale della finestra. Dal canto capì che si trattava d'un uccello di modeste dimensioni. Era giorno, dunque. Il Sole svegliava animali e cristiani, persino certi fiori che di notte rannicchiavano i petali, quasi lo temessero il buio.

I due tendoni di canapa spessa non davano garanzie sul giorno, come non ne davano sulla notte. Ci pensava la natura a suo modo ad annunciare il giorno, e il modo d'un uccello era cinguettare.

Ci provava a cinguettare, ma non ce la faceva, forse era troppo giovane, o troppo vecchio. Il suo era solo un brutto verso, malinconico, o disperato, per quanto si sforzasse in una prova di bel canto.

Anche lei, come l'uccello sul davanzale, per quanto si sforzasse, faceva solo penose prove di vita. Altro era la vita, altrove. Il suo canto di natura era strozzato, patetico, senza volo, senza quegli spazi di luogo e vita, in cui solo si poteva sentire la meraviglia di un'eco, senza le forzature, le finzioni, le suggestioni della fantasia. Sembrava bellissima la fantasia, ma quando si sostituiva alla vita, allora la valutazione cambiava di botto, lei diventava solo un truffaldino timoniere di falso, di finzione e, per quanto il timoniere stesse attento alle secche dei fondali, prima o dopo l'avrebbero fottuto.

Non c'erano parole, per quanto belle suggestive evocative, che non si potessero smantellare, fare a pezzi, alla ricerca del trucco, dell'inganno.

Lentamente, quasi con fastidio, Luna ripensò alla notte prima, che aveva passato con Leo, ripensò ai suoi muscoli sudati che puzzavano di stalla. Ricordava solo il suo sudore, null'altro del ragazzotto che, in America, voleva fare l'attore.

Ripensò alle sue prove di recitazione, da anni sperimentate con Ferruccio o da sola, maldestre, eccellenti, paradossali, secondo l'umore.

Sorrise della sua finta o vera eccitazione nell'amplesso, chissà. Se finta, come pensava, era stata una delle sue migliori prove di recitazione. Non mancava di tragico, di comico, di surreale. Ma l'istinto, almeno nel ricordo della notte prima, prendeva la strada del comico, sopraffacendo il tragico e il surreale, e rise così forte che sentì l'uccello staccarsi impaurito dal davanzale, levarsi in volo, con battito d'ala lieve come il suo canto.

Avesse potuto anche lei staccare l'ombra da terra e avventurarsi in uno spicchio qualsiasi di cielo, volando solo per istinto, senza meta, alla ricerca del niente. Volare solo per volare. Come aveva volato il ragazzo del Mito, precipitando nella magnifica morte del suo sogno, un paio d'ali.

Era andata proprio come pensava, come per tutto il resto. Quando l'impossibile diventava possibile, il cuore decelerava, la frenesia agonizzava, il rombo dei motori ammutoliva. Invece lei voleva che il cuore deragliasse sempre, con rombo assordante.

«Che cazzo hai fatto agli occhi? Ma ti sei guardata?» chiese Luna a Gioiella, apparentemente incazzata, ma più preoccupata.

Gioiella aveva gli occhi come un pugile che avesse perso un incontro, combattuto fino all'ultimo round. Aveva ematomi su entrambe le palpebre, non riusciva nemmeno ad aprirli gli occhi, se non per una minima fessura.

«Angelina, vieni subito, lascia stare tutto il resto, prepara un decotto di camomilla, guarda qua che roba...» Da che era morta Ciccina Frensis, Angelina la sostituiva nella gestione della casa, delle pulizie, ma solo per mezza giornata, fino alle tre del pomeriggio. Era stata tassativa con suo padre: «Non voglio nessuno tra i piedi oltre le tre.» Ed era stata legge.

«Signorina Luna, se lo faccio di cardi l'impacco, ci sgonfiano subito a Gioielluzza gli occhi. Lasciatemi fare, ho esperienza io di queste cose, il cardo va bene per tutto, anche quando punge un'ape, che è terribile il gonfiore». E lei l'aveva lasciata fare.

Che cazzo poteva essere? Allergia? Una puntura d'insetto? Mai visto nulla di simile. Era spaventata, avrebbe voluto subito chiamare il dottore, ma Gioiella lo rifiutava categoricamente, temendo domande e diagnosi.

Aveva pianto, aveva pianto tanto, tutta la notte, come mai nella vita. Una diga che rompeva gli argini, portando a valle un'immensità d'acque pericolosissime, ed era fortuna se non ci scappavano morti.

Aveva ragione Angelina, pensò Luna, bisognava qualche volta cedere a chi ne sapeva di più, almeno di queste faccende. A sera, col decotto di cardi, già si vedevano gli occhioni neri di Gioiella, e le palpebre, ormai sgonfie, erano di nuovo nella loro darsena.

La notte che Luna aveva passato con Leo, Gioiella aveva murato le sue orecchie con gomitoli di garza, e gli occhi con uno scialle di lana, pesantissimo, lavorato ai ferri da Ciccina Frensis, nel tentativo disperato di bloccare ogni via d'accesso al dolore, alla gelosia, alla rabbia, all'impotenza, e non essere così raggiunta nel suo fortino di garza e lana.

Era, poi, scomparsa, col suo corpo tutto, sotto due coperte e una trapunta, senza chiudere occhio mai.

Pensiero sciocco, l'unico che le fosse venuto in mente, quello di scomparire tutta, nascondersi come da bambina, quando la terrorizzavano le ombre, la sua stessa ombra. Ma funzionava, allora, e lentamente, sotto la trapunta, prendeva sonno e calore.

Ma ora non era più una bambina, né erano ombre quelle contro cui lottare, scomparendo sotto due coperte e una trapunta.

Solo Gerri l'americano, con una spesa enorme, e una linea che serviva solo la sua proprietà e la sua fabbrica, aveva da mesi portato dentro casa la luce elettrica.

Avere la luce elettrica in casa faceva tanto America e, soprattutto, amplificava all'esterno l'impressione della ricchezza, del successo. Ma nessuna delle due ragazze ci s'era abituata, simili nell'amare la penombra della candela o la vaghezza del lume a petrolio.

Nessuna delle due parlava, quasi avessero tacitamente, per complicità di pelle, pattuito il silenzio. Parlava solo la musica, e nessuna di loro due disse alla musica di starsene zitta.

In penombra era il salotto coi suoi divani di broccato damascati.

Gioiella la guardò, ormai che le palpebre sgonfie le restituivano gli occhi. Sul viso di Luna non c'era nessuna traccia, nessuna cicatrice, niente di nuovo, niente di diverso. Era il viso di sempre. Gli occhi celesti, il naso piccolo, il mento con la fossetta. Quelle sporche cose, quelle che una donna faceva con un uomo, anche se le faceva per la prima volta, non alteravano, dunque, i lineamenti, non lasciavano cicatrici, come le lasciavano i coltelli o la falce. Quelle cose forse lasciavano solo segni dentro il cuore. Ma il cuore non era in mostra, come gli occhi, la faccia, la fossetta sul mento.

Luna ascoltava musica da un magnifico grammofono americano, fatto arrivare apposta dall'America. Gerri non perdeva occasione mai di tenere in qualche modo acceso il suo legame con l'America, fosse solo l'acquisto d'un grammofono, che si poteva benissimo acquistare anche a Palermo.

Ormai non più in ansia per gli occhi risanati di Gioiella, Luna pensò divertita al cazzo di Leo che, la notte prima, avrebbe potuto letteralmente prendere fuoco. Il minchione, disturbato dall'indifferenza che lei mostrava per il suo trofeo, lo aveva pericolosamente esposto alla fiamma della candela, come fosse un'opera d'Arte, perché lei ne stupisse come sempre ne stupivano le braccianti, con cui s'accucciava tra il grano. Ma per quanto ci tenesse al suo cazzo, fenomeno di madrenatura, l'America veniva prima di tutto, di tutti.

I gesti parlavano più delle parole. Cazzo che lei, invece, era affogata dalle parole, solo parole, vulcani di parole.

Chissà poi se, potendo davvero scegliere, avrebbe poi scelto le parole.

C'era stato un tempo, solo qualche mese prima, in cui aveva pensato che solo la parola potesse sostituirsi alla vita, persino con migliori risultati della vita stessa. Ma anche questo era stato un pensiero precario, altalenante, secondo l'umore.

«Povera figlia! Meno male che vostro padre l'ha presa in casa, e l'ha cresciuta come una sorella per voi. Che brutta fine che ha fatto Nellina, sua madre, e solo perché era ingenua. Una ragazza buona, ma ingenua, senza malignità, rovinata da un farabutto che non aveva coscienza.» Dunque Angelina sapeva la verità sulla madre di Gioiella, sapeva com'era andata, pensò Luna, mentre la donna continuava a spolverare la credenza in salotto.

Non ci volle molto a farla parlare, non dovette fare sforzi per convincerla. Era una che avrebbe parlato ininterrottamente, di natura, solo che lei l'aveva sempre tenuta a freno.

L'ingenuo sogno, d'amore e d'America, della madre di Gioiella era dunque fallito subito, appena sbarcata dalla nave.

Il suo Rocco, con la scusa dei bagagli, era scomparso tra una marea di siciliani, giovani, vecchi, che andavano incontro all'America, cantando in siciliano.

Era rimasta ad aspettarlo, inutilmente, ostinatamente, fino a sera, col cuore a pezzi, mano mano che la banchina del porto si svuotava e le luci del giorno cedevano alla notte.

Rocco se n'era proprio andato, non c'erano stati incidenti né malori, e con lui pure i soldi che le aveva dato

Gerri l'americano, ufficialmente come un padre a una figlia, convinto, invece, che coi soldi ci comprava proprio tutto, pure i figli degli altri, e i rimorsi degli altri.

Non c'erano stati nuovi figli americani per Nellina, non c'era stata una famiglia americana, non c'era stato un marito, né un lavoro americano.

Era rimasta da sola, in America, col vestito vecchio che aveva addosso, e un figlio nuovo nella pancia, un figlio concepito sulla nave, magari sotto le stelle, salendo di nascosto, mentre tutti dormivano, dalla classe economica, senza panorama, alla prima classe, con panorama. La classe dei ricchi, che si godevano il mare, la luna, le stelle, le feste, la musica.

Fino al parto, facendo una colletta, l'avevano aiutata emigranti siciliani di buon cuore, ma il bambino, un maschio, appena nato, gliel'avevano portato via, perché lei non aveva una casa, un lavoro, né soldi. E l'amore non era latte, non crescevano con l'amore i neonati, crescevano con il latte. Quelle erano le leggi americane, là non si scherzava.

Nato in America, il bambino di Nellina avrebbe avuto una famiglia americana, una casa americana, un'educazione americana, un cane americano, un futuro americano. Una vera fortuna per lui, se il sangue siciliano, che gli correva nelle vene, non l'avesse un giorno, da coglione, riportato in Sicilia, senza una sola parola di siciliano, ma con occhi nerissimi da siciliano, e forse un cuore siciliano.

Nellina l'aveva appena visto, ma solo un attimo, ancora col sangue della placenta addosso. Poi la forbice dell'ostetrica americana aveva tagliato con un colpo secco, assieme al cordone ombelicale, le loro due vite.

«Vedete, signorina Luna, è finita proprio come si dice da queste parti, che l'albero pecca, ma si punisce il ramo, il ramo innocente. Così è andata» diceva Angelina, facendo spicciola filosofia paesana, «e queste regole valgono in Italia come in America, o ancora più lontano. Non sono uscita mai dal mio paese, io, e non ci tengo a uscire nemmeno ora che, con la corriera, in mezza giornata, potrei arrivare a Palermo. Non lo so cosa c'è nel mondo, dall'altra parte del mare, e nemmeno m'interessa. Quello che mi serve lo so già.»

Era stato il secondo peccato d'amore, dunque, d'una povera crista ignorante, verso cui non esisteva pietà. Che cazzo di gente, che merda di mentalità, pensò Luna che, pur tra quattro mura, se l'era costruita un'indipendenza di pensiero tutta sua, che non invecchiava e non incancreniva, e lo doveva ai libri, alla filosofia, alla poesia, amati e odiati, banditi e rincorsi.

«Mia nuora ha scritto che se lo sono portato via subito il bambino. Nellina, poveretta, gridava, supplicava, in siciliano, ma quelli se ne fregavano, quelli non ci capivano niente.

«Poi, dopo nemmeno quindici giorni, una notte, s'è ammazzata, povera figlia. Un litro d'acido, di quello potente, che si usa per pulire le condotte delle fogne. Chissà che dolori spaventosi, eppure nemmeno un lamento, segno che non voleva proprio essere salvata.

«Così l'hanno trovata, morta con gli occhi aperti, precisi quelli di sua figlia Gioiella, neri e grandi, e un grosso gomitolo di bava sulla bocca. Fredda e rigida. Non c'era chi chiamare, non aveva parenti in America, e quel bastardo di Rocco nessuno sapeva dove rintracciarlo.

«Però i siciliani, quando sono all'estero, si comportano come fratelli tra di loro, non tutti certo, c'è sempre la malarazza. Tanti connazionali di buon cuore hanno messo tot dollari ognuno e l'hanno seppellita come una vera signora. Un bel funerale in chiesa, dieci ghirlande di fiori, tre musicisti che suonavano, una bella tomba. In compenso del fatto che in Sicilia non aveva mai avuto un bel matrimonio, in America ha avuto un bellissimo funerale, stile siciliano, ché lei siciliana era.»

Quando Luna le chiese se era sicura di tutto, Angelina si risentì, offesa per la mancanza di fiducia. «Quello che vi dico io, è oro colato. Sono cose antiche, successe molto tempo fa, ma è andata purtroppo proprio così, in tragedia.

«Ma secondo voi quale madre non sarebbe tornata a riprendersi la figlia, se in America l'avesse trovata la sua america. Invece in America Nellina ha trovato solo la sua tomba, e le è andata di lusso, grazie ai conterranei di cuore, sennò restava per strada, come la carcassa d'un cane morto, e poi finiva gettata subito nei cassonetti dell'immondizia, perché in America le strade le tengono pulite e le scopano due volte al giorno.»

La storia era terribile, Luna decise che al momento l'avrebbe tenuta per sé, senza coinvolgere Gioiella. Pensare d'avercela una madre, snaturata, che se ne fregava, forse era meglio che non avercela affatto, che saperla morta.

Doveva pensarci, riflettere. Aveva bisogno di tempo. Ogni scelta andava sedimentata, razionalizzata, prevedendone i costi in termini di sofferenza, di dolore.

In qualche modo, Gioiella aveva ormai un suo scampolo di vita, che andava preservato da inutili turbamenti, e magari le faceva bene pensare, ogni tanto, a sua madre, con qualunque tipo di sentimento.

Si fece giurare da Angelina il segreto più assoluto, e per sancire il patto, le regalò una bella somma di danaro. Pensò che qualcosa, non tutto, con il danaro poteva comprare, oltre che libri dischi vestiti. Sarebbe rimasta lei a custodire il macigno, un macigno nuovo, che si aggiungeva ai suoi vecchi.

La notte passata a scopare con Leo era stata solo la dimostrazione del suo teorema in ogni passaggio, proprio come si faceva in geometria, e la tesi era stata, inconfutabilmente, dimostrata.

Anche in una relazione d'amore, o di sesso, l'oggetto del piacere si spostava facilmente dall'oggetto individuato per primo.

Lei non era il tipo fisico che piacesse a Leo, troppo *fina*, l'aveva definita. E *fina* valeva a dire poco femmina, nient'affatto puttana, almeno nel fisico.

Gioiella, invece, era il suo ideale. Solo a guardarla, dava proprio l'idea d'essere una femmina da letto, mentre non lo era affatto, ma l'impressione era quella.

Eppure, quando gli s'era piazzata nuda sotto gli occhi, recitando su toni di paradosso, più che d'esagerazione, la parte d'una femmina di mondo, che ci sapeva fare a meraviglia col cazzo, che ne sapeva più di chiunque, il coglione di Leo aveva perso la testa, quel poco che aveva, e da quel momento non aveva mai fatto cenno a Gioiella. Un corpo di femmina nudo, teatralmente ispirato, gli aveva fatto perdere la memoria, persino la memoria dei suoi gusti sessuali.

La temperatura corporea di Leo, quasi il suo punto d'ebollizione, durante l'amplesso non era scesa mai, nemmeno di un quarto di grado. Era nella natura degli animali questo temperamento fisico, e lui aveva in pieno passato il test. Era proprio un animale.

Gli aveva levato i pantaloni, ci aveva giocato col suo cazzo colore del mosto fino ad annoiarsi. Lui aveva avuto orgasmi veri a ripetizione, lei falsi a ripetizione.

Semmai il ragazzotto sudato avesse pensieri, impossibile intuire quali, di che natura, non era trapelato nulla, se non lo sbalordimento che una creatura, in apparenza *fina*, sessualmente insignificante, potesse avere una così spregiudicata libidine.

Non si era neanche accorto che lei era vergine, perché gli stava di sopra, proprio come in un set cinematografico, decidendo solo lei tempi, ritmi, posizioni di quel film, di cui aveva scritto il copione, scelto gli attori, curato la regia.

Si era spalmata tra l'inguine e la vagina mezza tazza di strutto fuso, di modo che fosse del tutto indolore la penetrazione. Nessuno spasimo, solo qualche goccia di sangue che, diluita dal sudore di lui, cambiò colore e impallidì il suo naturale rosso di papavero.

Fino all'alba, aveva mantenuto lei tutti i ruoli che necessitavano alla finzione del film, mentre Leo, narcotizzato tramortito, s'abbandonava ancora ciecamente a quell'avventura sensualissima, unica e sconvolgente, se confrontata con le scopate veloci, da pecora, consumate per terra, tra il grano.

Come fine del "film", gli aveva immerso il cazzo nella boccia del miele che usava per la tosse, miele purissimo, prodotto da un alveare di prim'ordine. Poi, con lievi onde della lingua che si alternavano ad altre, minacciose nevrotiche, imitando proprio le imprevedibili epiche onde del Mare, di cui aveva letto nell'Odissea, aveva spossato il bestione, leccando fino all'ultima goccia di quel miele, magnifico per le sue tonsille che si infiammavano sempre.

«Arrivo alla stazione di Milano con la Freccia del Sud, poi in taxi fino all'aeroporto, e poi con l'apparecchio volo fino in America.» Era elettrizzato Gerri all'idea di tornare in America, dopo più di vent'anni.

Aveva pianificato tutto, come nello stile americano. Niente si doveva lasciare all'improvvisazione. Anche i minuti, anche i secondi, andavano gestiti al meglio.

«Se aspetto di partire in apparecchio dalla Sicilia, muoio prima. Qua chissà se arriverà mai l'aeroporto. Qua tutto muore. Qua niente cambia. La tecnologia, anche in tema di trasporti, si ferma a Roma, un passo più giù di Roma è deserto, è Africa» aggiunse quasi a legittimare ogni tappa del suo viaggio in America, non più di tre settimane, comunque.

Partì con l'autista e tre valige di pelle vera, valige da ricco imprenditore di successo, comprate a Roma, nella migliore pelletteria.

Aveva quasi settant'anni, Gerri, e le sue parole più gettonate erano sempre le stesse *eccellente massimo grandissimo*, aggettivi superlativi, con cui riempire vuoti antichi e recenti.

«Non sono una bambina.» Luna aveva chiuso così, in modo lapidario, gli scrupoli di Gerri, le sue titubanze, riguardo alla partenza. E lui, affrancato da improbabili sensi di colpa, recitati per abitudine, come recitava tutto il resto, era infine partito per la sua nuova avventura americana. Avventura da ricco turista, non più da misero emigrante analfabeta.

Con l'orologio d'oro massiccio e pure il cinturino d'oro massiccio, largo quattro centimetri, in bella mostra sul polso sinistro, era infine partito per la sua America.

Gioiella sembrava più silenziosa del solito, la evitava, scongiurava ogni discorso, come se avesse sentito Angelina raccontare della tragica fine di sua madre. Ma quell'ipotesi era impossibile.

Era più magra, incupita, o forse era solo l'espressione degli occhi, scavati, malombrosi. Andava ogni giorno in fabbrica, di prima mattina, quasi avesse avuto l'incarico di sostituire Gerri durante la sua assenza, e tutti ci credevano. In realtà non era vero, ma le piaceva che gli operai lo pensassero. Le dava importanza, e in fondo lei era la quasi figlia dell'americano Gerri, che se la spassava in America, da turista di lusso.

Tornava sempre più tardi dalla fabbrica, mai prima del tramonto, e aveva preso un'abbronzatura magnifica, camminando molto al sole. Sembrava non gliene fregasse più niente della sua pelle scura, e non contrastava più la natura dell'epidermide, scansando il Sole, ma gli andava incontro, lo provocava, lo sfidava.

Angelina continuava nei lavori di casa ogni giorno, fino alle tre, e lasciava pronta anche la cena. Tutto monotono come sempre, tutto con il ritmo di sempre, se si escludeva l'avventurosa vicenda delle stagioni che alternano afa a gelo, pioggia a sole.

Ferruccio era disperato, e anche il suo amore per la Poesia ne soffriva terribilmente. Il Cuore di Gesù nell'altarino aveva proprio cessato di battere e non c'era stato verso di fargli riprendere la sua corsa.

Sua madre lo accusava di fregarsene, di non avere pena del suo dolore, del disonore di fronte a tutto il paese, perché solo lui avrebbe potuto convincere il buon dio a far ripartire il suo cuore nell'altarino, costruito proprio per devozione.

Chi più di lui gli era stato vicino in tutti gli anni del Seminario, preghiere la mattina, a mezzogiorno, la sera, ma questa era proprio la causa, lui non aveva preso i voti, lui aveva tradito. E lei ora espiava per i suoi errori. Lo tormentava, giorno e notte, dicendo che doveva rientrare in Seminario, farsi prete, dire messa, servire il Signore. Questa era la volontà del Signore, che aveva dato un preciso segnale al traditore, arrestando il suo cuore. Dunque doveva riparare al tradimento.

«Vedete, signorina Luna, non mi resta che compiere peccato, contro il comandamento del Signore, non mi resta che il suicidio, che appunto è peccato grave, insurrezione contro nostro Signore che ci dà la vita e ce la leva, ma solo quando decide lui. Non ce la faccio più e, siccome per età non posso sperare in una morte naturale, m'ammazzo da me.»

«No, Ferruccio, te la do io una soluzione, e campi cent'anni» gli disse Luna veloce, sorridente, e lo vide respirare, sperare, di fronte a una soluzione, che lui non trovava.

«Semplicissimo. Allora, partendo dal concetto che il pum pum pum del cuore era solo nella mente di tua madre, una sua suggestione, un inganno di sensi, adesso bisogna procedere a un nuovo inganno.»

Sembrava rianimato Ferruccio, come un pesciolino rosso quando, al limite del soffocamento, fuor d'acqua, lo si restituiva alla sua vasca, e tornava miracolato e felice a respirare.

Gli mise in mano una grossa sveglia a corda, su cui avvolgere dell'ovatta in modo da attutire un poco e camuffare il tic tac delle lancette, imbastardendone il suono.

La sveglia, nascosta nella nicchia, proprio dietro il Cuore di Gesù, avrebbe rinnovato il miracolo, e che miracolo! Perché se prima il cuore batteva ma non sempre, ora batteva sempre. Purché si ricordasse, ogni sera, di dargli la corda.

Un genio, Ferruccio diceva che lei era un genio. Riprese subito colore e non accennò più al suicidio. Fece suo il concetto, per sempre, imparò la lezione per la vita. Se gli altri, foss'anche la sua stessa madre, volevano essere ingannati, presi per il culo, con la tonaca o senza, andavano assecondati.

In fondo questo concetto elementare era da sempre la spina dorsale del mondo.

Lucente era la notte, e calda l'acqua nella grande vasca in giardino, sotto un valzer di stelle. Ma non si vedeva l'acqua, coperta da una profumata coltre di gelsomini. C'era voluto quasi un giorno per raccoglierli tutti, rendendo calvo un vecchio generoso arbusto.

La tradizione del Corpus Domini era quella che la mattina ci si lavasse la faccia con acqua e petali di rosa, lasciati la sera prima alla benedizione della notte. Non era dunque un'idea originale, ma copiata dall'usanza del Corpus.

«Spogliati» le aveva detto e Gioiella si era spogliata, come un automa obbedendo al comando di Luna. Senza fare domande, era entrata nella vasca assieme a lei, assieme ai fiori magnifici di gelsomino, assieme a una magica notte, appena ventilata.

Luna e stelle illuminavano ogni insenatura, ogni istmo, ogni approdo del corpo di Gioiella, quasi schizzi d'un pittore, in sequenza, da cui arrivare poi all'opera d'arte. Al capolavoro.

Aveva ragione Leo, pensò Luna. Il suo rozzo istinto lo portava a riconoscere la Bellezza assai più di quanto la Poesia, con tutte le sue menzogne, le sue balle, non portasse lei a riconoscerla. Solo che al bestione mancavano le parole per dirlo. E lo diceva col cazzo, che non si lasciava ingannare mai.

Non c'erano cospirazioni di parole, suggestioni, metafore, rime, che potessero ingannarlo, vicariandosi a una passione che non c'era, a un desiderio che latitava.

Era un guitto anarchico, il cazzo, sceglieva lui quando recitare, se recitare, per chi recitare. Infallibile, dunque, come metro di giudizio. Eppure non era che un pezzo di carne, ripugnante a vedersi, in natura, riscattato solo dall'Arte, dalla scultura, dalla pittura.

Aveva fatto una scoperta straordinaria, il cazzo era dunque rivelatore del Bello.

La natura animale aveva la meglio sempre, quantunque per secoli, invano, filosofi poeti pittori si fossero spesi a dimostrare il contrario, con cattedrali di parole, ipotesi, teoremi.

Non era brava in disegno, ma se avesse avuto un carboncino nelle mani, ne avrebbe fatto uno schizzo d'istinto, mostruoso sotto il profilo della tecnica, magnifico se guardato sotto quello delle emozioni.

Non si dissero niente. Anche l'acqua taceva. Nessun movimento di mani piedi braccia profanava il silenzio di Luna e Stelle, potenti divinità, cui sottomettersi.

La Luna sembrava sempre più concentrarsi sui gelsomini, scansando ad arte i loro volti. Quasi fossero ricami sull'acqua, i fiori presero rilievo e, vista dall'alto, quell'infiorata sembrò una bianca bellissima bara, bella tanto da far dimenticare la morte che vi giaceva dentro.

La nuda bellezza di Gioiella fu, per Luna, solo quasi un'esercitazione letteraria. I suoi sensi non ne erano affatto coinvolti. Non provò nessuna emozione, che non fosse artistica, poetica, comunque contaminata da quelle macchinose operazioni di sintesi, analisi, estetica, giudizio, che gettavano acido ovunque.

Mentre Gioiella, immobile nell'acqua fiorita di gelsomini, pativa, ancora una volta, la crocifissione del desiderio che, malvagio consigliere, la provocava, l'aizzava.

Pensò a sua madre che l'aveva venduta per sempre, per nuovi figli americani, per una nuova vita americana. Chissà se un identico potente strazio aveva provato per quel manovale di passaggio, di cui non sapeva il nome né il paese.

Se questo anche lei aveva provato, allora la perdonava, allora la assolveva. Era stata felice, per minuti che sembravano secoli, come lei lo era, infelice, per minuti che sembravano secoli. Aveva avuto coraggio, il coraggio che a lei mancava.

Chissà che cavolo di nome aveva suo padre, magari Giovanni, e per questo lei si chiamava Gio-iella, qualche lettera rubata a un nome di battesimo, come marchio a vita della felicità d'un istante.

Il visto di partenza per l'America ormai Leo ce l'aveva, ma non aveva i soldi per il biglietto. Se perdeva la partenza d'agosto, poi se ne parlava a ottobre.

Cazzo no, piuttosto avrebbe rubato, che farsela rubare l'America, anche solo di due mesi, e rinunciare alla vita magnifica, che l'aspettava già da subito sulla nave.

Ma in paese erano tutti, come lui, morti di fame: a chi rubare dunque? Se uno ruba, pensò, deve rubare a uno ricco. Gli venne in mente solo Gerri l'americano, la sua ricca casa. Una reggia, piena di tutto, mobili, lampadari, cristalli, quadri come neanche in chiesa. Un lusso sfrenato, tipico di quel finto americano del cazzo.

Nella stanza di quella puttana di sua figlia aveva visto, gettati alla rinfusa sulla toletta, gioielli, oro, pietre preziose, almeno così sembravano, se non era tutta una scena, se non era tutto finto.

No, non poteva essere finto oro, solo placcato, finti gioielli, finti diamanti, solo vetri di bottiglia. Coi suoi occhi li aveva visti brillare, alla luce della candela, brillare come: gioielli veri. Quella era ricchezza, e poi dentro l'armadio aveva sbirciato un cofanetto, magari pieno zeppo di soldi.

Poteva rivenderli a Palermo i gioielli, in assoluta sicurezza, prima d'imbarcarsi per l'America. Chiunque li avesse comprati, anche un ricettatore, avrebbe fatto un affarone. Lui non avrebbe chiesto il valore reale della merce, ma solo quel che gli serviva per il biglietto e le prime spese da sostenere, appena fosse arrivato in America.

Andava sul sicuro, la ragazza non l'avrebbe denunciato, una denuncia equivaleva a un'ammissione di colpa. Ammettere che la figlia di Gerri, il cavaliere del lavoro, proprietario della *Gerri Soap*, era una troietta con la faccia da santa, una depravata che si scopava a turno gli operai di suo padre, in casa sua, sotto il suo stesso tetto.

Minghia, l'onore ci finiva sotto i piedi, e per sempre. Su queste cose la gente non dimenticava mai. Troppo grande lo scandalo solo per recuperare qualche anello, qualche bracciale, qualche collana. Poteva averne quanti ne voleva gioielli nuovi.

La cosa sarebbe dunque finita lì, era proprio la sua grande occasione quella, per andarci subito in America, prima possibile.

Studiò la cosa in ogni dettaglio, non c'era tempo da perdere, Gerri stava per ritornare dalla sua vacanza americana, questione di qualche giorno. I biglietti per la nave erano quasi esauriti, ma magari ne comprava uno proprio in prima classe, con la vendita dell'oro.

Gli era passata di mente Gioiella, cancellata, e anche Luna. Dopo di lei, era stato solo con un paio di braccianti sposate, in trasferta per la mietitura. Una cosa veloce, giusto per tenersi in esercizio in vista dell'America, dove le donne erano evolute, non si facevano scrupoli e scopavano con chi gli pareva.

«Quello vuole tornare, insiste.» Quando Gioiella glielo aveva detto, Luna non pensava più affatto a Leo. Già cancellato, buttato via, come feccia, come anidride carbonica, dopo che il sangue si teneva la materia prima, l'ossigeno.

Chissà perché le veniva in mente proprio quell'esempio di chimica.

«Leo vuole tornare» aggiunse un attimo dopo, sollevata, contenta, che Luna non ne ricordasse nemmeno il nome.

«Quello torna per te. Con me ha solo scopato, non c'è storia del cazzo. È te che vuole, magari ti porta in America... magari hai un'occasione d'andartene da questo buco, almeno tu. Chi ti tiene qua? Cosa? Una volta decideva Gerri, ora decido io. Se lo fai per me, ti butto fuori a calci, così sarai costretta a pensare a te, alla tua cazzo di vita. Magari sarà peggio di questa, ma almeno ti illudi un poco, che possa essere diversa, che tu possa essere diversa. Magari Leonardo avrà successo in America, è forte, robusto, certo prima deve chiudere con la fissa del cinema.»

Nonostante la sua intelligenza, Luna non aveva proprio nessun sospetto, non aveva capito niente del suo inferno. Già questo era un sollievo.

Si sentì più leggera, il suo macigno non andava comunque diviso con nessuno, se lo sarebbe portato nella tomba e ci passava l'eternità.

A furia di sentir parlare Luna, che conosceva moltissime parole, strane, mai sentite, lette nelle poesie, mentre lei ne sapeva pochissime, qualche parola nuova l'aveva imparata. Era bella la parola *eternità*, e la usò con naturalezza.

Per un attimo mise da parte la repulsione che provava per Leo, il disgusto che ogni maschio le procurava. Poteva però servirsene per andare in America. Poi, una volta arrivata in America, avrebbe cercato sua madre, sperando che non le chiudesse la porta in faccia. Non si aspettava molto, solo un punto d'appoggio iniziale, il tempo di trovarsi un lavoro, magari proprio in una fabbrica di sapone, di cui ormai conosceva tutto.

Del resto Leo sapeva bene come la pensava, niente sesso, prima del matrimonio. Poteva funzionare, sempre che

Leo avesse ancora intenzioni serie, a quell'età si faceva presto a cambiare idea, soprattutto uno come lui, fissato solo a fare soldi e diventare attore di cinema.

«La signorina ha detto che puoi venire giovedì, alle sette di sera. Se vuoi che ci sposiamo, devi farle una richiesta ufficiale, decide lei. Se si convince che vai bene come marito per me, mi darà pure una dote, sempre che io sia d'accordo. Se non hai questa intenzione, non venire affatto, non ti riceverà, non avete nient'altro da dirvi.»

Leo fu spiazzato da quella richiesta di matrimonio, immediata, tassativa, e chi cazzo ci pensava più a una simile stronzata? Anzi, non ci aveva mai pensato sul serio, nemmeno quando glielo aveva proposto. Erano chiacchiere, minghiate, giusto perché la ragazza cedesse, giusto per scoparsela, e poi sparire da solo in America. Tutti i giovani parlavano di matrimonio, quando la ragazza non ci stava, e voleva essere presa per il culo.

Erano cazzi tosti. Se diceva di no, non aveva una scusa per andarci a casa e rubare. Se non rubava, restava in Sicilia e chissà se mai sarebbe partito. Le cose lunghe diventano serpi, gli diceva sempre sua madre.

Si sentì perso, sudò freddo, l'America s'allontanava, restava solo un sogno, solo un incubo. Si sentì moscerino sotto la zampa d'un elefante.

Col cuore a mille, disse di sì. Chi se ne fotteva? Mentire, se uno non si lasciava suggestionare da preti inferno e santi, non era reato. Mentire in quel momento gli salvava la vita e il futuro d'attore in America. Era dunque sacrosanto.

Tanto poi, col primo treno che passava dalla stazione, l'indomani alle 11.00, sarebbe arrivato a Palermo. Assieme ai gioielli e a tutto quello che poteva vendere.

Provò subito ma inutilmente a baciarla, temeva gli leggesse l'inganno negli occhi. A bocca aperta, Gioiella vide che aveva la lingua grossa. Pensò al cane randagio, nato nel cortile della fabbrica, adottato da tutti gli operai, che gli volevano bene e non gli facevano mai mancare da mangiare. Quel cane aveva una lingua sottile allegra.

«Ogni cosa a suo tempo» gli disse decisa, mettendo fine a qualunque suo altro tentativo.

Che stronza, che figlia di buttana. Le troie ricche sono le più pericolose, pensò Leo, mentre Luna lo riceveva con distacco, da vera padrona, tanto che, naturalmente, la chiamò *signorina*, mentre lei gli dava del tu, come solitamente facevano i padroni con la servitù.

Era compassata, distante, una pezzo di merda depravata. Desiderò che morisse all'istante, lui stesso l'avrebbe strangolata provando più piacere d'un orgasmo. Ma la pigliava per il culo, la derubava, scompariva, e poteva andar bene lo stesso.

«Gioiella è di casa, è una di famiglia. Se vuoi sposarla, certo poi anche il Cavaliere dovrà decidere se, come, quando, voglio sapere subito quali garanzie ci dai sulla sua felicità, su come intendi provvedere al suo benessere.»

Parlava da regina, lo trattava con disprezzo, gli dava comandi, dimenticando che lo aveva leccato dalla testa ai piedi, coglioni compresi e anche il buco del culo gli aveva leccato, puttana, e ora faceva la malandrina, la spocchiosa.

«Certo, signorina, avete ragione. Ma io ho intenzioni serie da tempo, prendo subito l'impegno con voi, lo prendo anche con vostro padre. Me la sposo anche prima di partire, non so se c'è tempo, per me sono pronto. La farò felice, la sua felicità prima di tutto. Quanto al mantenimento, se alludete a quello, sono un grande lavoratore e l'America mi darà modo di dimostrarlo, mi premierà l'America. Da regina la farò vivere la mia Gioiella.»

Gioiella, in disparte, sembrava contenta, ma non partecipava alla discussione tra loro due. La sua testa era già altrove, l'America forse le levava quella spina dal cuore, il desiderio devastante di Luna, e la faceva tornare normale, com'era prima. Magari era stato lo scirocco, che portava alcuni alla pazzia, al delirio, ma non poteva rischiare, restando ancora lì, assieme a lei, paglia accanto al fuoco.

Ognuna delle due aveva un pensiero opposto, ma entrambe lo perseguivano come fosse il medesimo. E il punto d'incontro era l'America, andare in America.

«Gioiella è di famiglia, fattelo entrare in questa testa di cazzo, se solo non onori i tuoi impegni, se solo...» E si fermò per un attimo, lasciando sospesa la minaccia grave. «Se solo... ti scanno con le mie stesse mani, ovunque tu sia, in Sicilia, o in America.»

Buttana, ora passava alle minacce, e parlava con la mentalità dei vecchi mafiosi. Bisognava strafotterla, dopo averla scopata. Quello si meritava, la stronza figlia di papà, pensava Leo tornando scocciato al suo paglericcio.

Era stato impossibile portare a compimento il furto quella stessa sera. Luna lo aveva letteralmente messo alla porta in malo modo, non c'era stato spazio per nessuna trattativa. Quella bastarda aveva scombussolato i suoi piani, lo aveva cacciato, senza dargli una data certa. Lo aveva trattato di merda.

«Ti farò sapere» gli aveva detto come dicevano i capomastri quando un manovale disoccupato, disperato, andava a chiedere lavoro.

«Perché?» Quando Luna aveva messo al collo di Gioiella la sua collanina, con una bellissima croce, la ragazza aveva solo detto *perché*. Non erano cosa sua le parole, soprattutto quando si commuoveva, ma non lo dava mai a vedere. A quel punto, le parole scomparivano, si dileguavano tutte quante, solo qualcuna restava, la più fedele o la più semplice.

Dietro quel *perché* il suo cuore batteva furioso, incontenibile. L'emozione maciullata risuscitava, la spaventava, le emozioni erano terreno sconosciuto, pietroso, scosceso, nel quale non si era avventurata mai. Difficile più che scalare una montagna, confidando in qualche chiodo, e un po' di corda, per chi non avesse avuto la passione e l'esercizio.

L'emozione la rimpiccioliva, l'accorciava, faceva da sortilegio, da incantesimo, e Luna la vide proprio farsi più piccola.

«Così.» Fu la risposta di Luna. Una risposta di due sillabe, *così*, a una domanda di due sillabe, *perché*, ma non era affatto premeditato, la volontà era cattiva consigliera, bisognava lasciar fare all'istinto.

«Così ogni tanto ti ricordi di noi» aggiunse Luna. Era tempo d'aggiungere qualcosa, qualunque. La più banale che, poi, era anche la più vera.

«Anche senza collana mi ricorderei sempre.»

«In America avrai tanto altro a cui pensare, una vita nuova, una lingua nuova, una casa nuova, il matrimonio, magari dei figli.»

«Difficile mi sembra, non mi piacciono i bambini. Mi spaventano i bambini, spero proprio di non averne mai mai nella vita. Invece un lavoro sì, tutto mio, un lavoro lo voglio.» Le faceva già un effetto magnifico pensare all'America, progettare la sua vita, vedersi in una tuta da lavoro, con tanto di cartellino, e il suo nome in busta paga, pensò un po' stupita, ma contenta, Luna.

Quanti concetti Gioiella aveva da sola elaborato, senza supporto di letture, di riflessioni, d'approfondimenti. Un'altra delle sue ipotesi era dunque confermata. Sensibilità e istinto portavano alle medesime conclusioni cui portavano studi e letture, solo in tempi assai più brevi. Tutto il resto, il deviante, era solo un'inutile corsa ad ostacoli, una specie di caccia al tesoro, dove il tesoro da scovare era la mente.

Ora che la guardava bene, notò che non solo si era rimpicciolita in altezza, ma anche il suo corpo sembrava prosciugato, come i pomodori pieni di succo quando si lasciavano ustionare al sole feroce d'agosto, perché buttassero l'acqua. Forse erano gli ultimi assestamenti dell'adolescenza.

Non fece nessuna domanda Gioiella, per fare domande bisognava aver parole, e non le aveva, ma i suoi occhi chiedevano prima che la sua voce *E tu? cosa farai tu quando io sarò in America?*

«Farò l'inventore, lo faccio già, ma lo farò meglio. Mi specializzo nel genere. M'inventerò altre minghiate e altre ancora per fregare il Tempo, magari poi lui frega me, diciamo che ce la metterò tutta per vincere qualche battaglia, quanto alla guerra quella di sicuro alla fine la vince sempre lui... e non c'entra il coraggio, è da stupidi pensare che una formica sollevi una montagna...»

Era il Tempo il suo nemico più grande. L'unico nemico, contro cui non bastavano il suo carattere, il suo coraggio, la sua ostinazione.

Anche con la lettura aveva rallentato, non ne aveva fatto parola con nessuno, ma l'occhio sinistro aveva perso un po' di vista, sovraccaricato anche per il destro, che era del tutto cieco.

La sua vita, già minima, rimpiccioliva, dunque, come il corpo di Gioiella. Al suo rimpicciolimento, però, non c'era rimedio, anche leggere, nell'illusione di conoscerli così il mondo, la vita, la strada, che non avrebbe conosciuto mai, subiva un altolà, un agguato.

Stretta confinata reclusa, come tanti altri certo, che però del confino avevano fatto arte, poesia, musica, mentre lei non aveva fatto un cazzo, tranne qualche patetica simulazione di vita, sapendo fin dall'inizio che di simulazione si trattava. Ma si poteva morire senza neanche avere visto un cazzo nella vita? Non un cazzo, tanto per dire, ma un cazzo vero, di quelli che, quando scopavano, popolavano i paesi, il mondo, di altri stronzi, di altri malati, di altri fissati, di altri falliti.

Quando Luna le mise al collo un crocifisso d'oro, non lo sapeva Gioiella, né poteva sospettarlo che quella collanina, col cristo, fosse un regalo di sua madre Gelsomina.

Quando ormai scolpiva per due province e guadagnava benissimo, Gelsomina aveva scolpito un Cristo strano, diverso da ogni altro cristo, che non aveva un'espressione addolorata, tipica del Cristo. E non sembrava sentirle affatto le spine della corona sulla fronte.

Aveva invece un'espressione allegra, soddisfatta. La stessa espressione di Gelsomina mentre lo scolpiva, attenta a che le sue dita lo partorissero allegro, gioioso, ottimista.

Anche in quel caso, l'oggetto valeva più delle parole, a significare che si poteva andare avanti, si poteva decidere il cambiamento, che il dolore poteva diventare gioia, il limite poteva diventare l'infinito e, poiché Cristo era un uomo, prima d'essere Cristo, anche a lui era toccato di cambiare, in meglio. Da infelice a gioioso, come era successo a lei, quando più non ci sperava, quando ormai c'era già sulla croce. E la croce era il matrimonio con Gerri l'americano, mentre invece l'aveva perso il suo bellissimo amore di legno, Toni, andato in pezzi.

Nel piccolo pugno di Luna, come fosse un nido, Gelsomina aveva rannicchiato il suo Cristo allegro, senza dire nulla. C'era arrivata da sola, senza trappole di filosofi, lusinghe di poeti, a considerare inabili, inutili, le parole. Il gesto era tutto, anche a essere muti, andava bene lo stesso.

Quel crocifisso era, dunque, sua madre, la sua storia, infantile o malata, comunque sua, e se l'era scolpita con le sue stesse mani, guidata solo dall'istinto, senza la cancrena della riflessione, di cui lei, invece, era totalmente infetta.

Per questo l'aveva custodito, curato era il termine giusto, come un cucciolo appena nato. Certe notti, certi giorni, non faceva differenza per lei se fosse giorno o notte, se lo metteva sul cuore, lo scaldava del suo corpo, e per qualche istante sentiva il brivido del metallo freddo sulla pelle.

Non chiedeva nulla al crocifisso, tutti gli chiedevano una grazia, un miracolo, mentre lei soltanto lo accudiva, ne aveva cura, lo scaldava. Si sentiva, in virtù di quel gesto, quasi madre di sua madre, pensò, maledicendo la cancrena dell'intuizione, della riflessione che infettava anche la poesia d'un'emozione. Madre di sua madre, che non era cresciuta mai. Un miracolo riservato a pochissimi, quello di non crescere mai, di non sconfinare mai nella mandria degli adulti, restando sempre al di qua di quella tristezza infinita che gli adulti chiamavano esperienza, di quell'angoscia ammutolita che gli adulti chiamavano maturità. Miracolo immenso deciso non si sapeva da chi, né perché.

Sembrava un randagio finito sotto un carretto. Questo era Gerri appena sceso dal tassì, dopo tre settimane d'America. Angelina, ch'era grassissima, gli portò a fatica, una per volta, le valige in camera.

«Non vi sentite bene, don Gerri? Non sembra che venite dalla vacanza...»

«Vacanza del cazzo. Qua è l'America, ormai, Angelina, solo che questo concetto bisogna capirlo.»

Appena atterrato, già solo con un'occhiata dal finestrino del tassì, non l'aveva più trovata l'America, la sua America. Avrebbe disperatamente voluto pensare che l'avessero trasferita da un'altra parte, gli americani erano in grado di fare tutto, persino spostare l'oceano, ma non era un coglione, e non era andata così.

Quella era ormai l'America, e anche i siciliani, che aveva lasciato a Chicago, mangiavano solo porcherie americane da fastifud. Nessuno più cucinava siciliano, nessuno più faceva il sugo coi maccheroni, la salsiccia, le puntine di maiale, nemmeno la domenica, e lui in tre settimane era dimagrito otto chili.

Non c'era traccia della fabbrica di sapone, dove aveva imparato tutto, l'avevano demolita. Al suo posto c'era ora un grattacielo altissimo, senza balconi, solo con tante finestre, strette e lunghe. Gli girò la testa, vomitò, gli mancava l'aria.

L'idea di sentirsi intrappolato dentro quel mostro di cemento, senza un terrazzino da cui vedere il cielo, e respirare, lo fece sudare freddo. Quasi collassare. Eppure aveva voluto alloggiarci nella speranza di sentire, chissà magari per miracolo o per un fottutissimo sentimento di nostalgia, l'odore del sapone, che aveva conosciuto e follemente amato proprio in quella demolita fabbrica.

C'erano pochi voli dall'America per l'Italia, solo dopo due giorni ci aveva provato a ritornare subito in Sicilia, ma tutti i posti erano prenotati da mesi. Chi viaggiava con l'aeroplano non aveva problemi di soldi. Bisognava dunque aspettare il giorno della prenotazione, se non ci moriva prima in quella fottutissima America.

Aveva passato giorni bruttissimi, chiuso nella suitti d'un grandotèl, con un terrazzo al sole, che lo faceva respirare, già solo a vederlo dal letto. Soffriva di vertigini, e la suitti era al tredicesimo piano, ma lo ristorava lo stesso il cielo, il sole, nella fantasia.

I suoi amici siciliani parlavano ormai solo inglese, dopo cinquant'anni o più d'America. Entrò in una chiesa, pianse disperatamente. Come si poteva dimenticare anche la propria lingua, per una lingua sconosciuta, una lingua di merda, per come la pronunciavano quelli che non c'erano nati in America.

Anche parlarsi era diventato impossibile, impossibile raccontarsi delle reciproche vite. Avevano fretta i suoi amici d'un tempo, gli mettevano fretta *arri ap arri ap, Gerri*, e a lui sembrava d'avere solo detto *giasti moment, Roccuzzo*, *giasti moment Giacomino*, e null'altro per tre lunghissime settimane.

Lo evitavano, lo scansavano, non avevano tempo per lui, la parola d'ordine, il nuovo comandamento era fast. Tutto doveva essere veloce, velocissimo, e lui non ci stava, gli piaceva godersi lentamente ogni cosa, assaporarla come fosse cibo, in tutta la sua pienezza, anche nel gusto che non si coglieva subito.

Avrebbe potuto farsi un giro turistico, ma lui era tornato in America per nostalgia, per gratitudine, non per vacanza. Voleva solo tornare a casa, prima possibile. Scappare da quei mostri, nati in Sicilia, che parlavano, mangiavano, pensavano, americano.

Magro, emaciato, consunto, la delusione scolpita in faccia, come la stessa Gelsomina non avrebbe potuto far meglio, diceva: «Basta cazzo d'America. Basta cazzo di siciliani traditori, americanizzati.»

Tornava ai siciliani veri, quelli che gli andavano incontro, gli baciavano la mano e lo chiamavano con riverenza *Cavaliere*.

Angelina aveva preparato per il suo ritorno due conigli alla cacciatora, macco di fave con finocchietto selvatico, maccheroni al sugo di maiale, con puntine e spezzatino, caponata in padella, parmigiana al forno, spremuta di limoni in acqua selzi, e cannoli con ricotta di pecora e arancia candita. Mangiò tutto, fino a scoppiare, come se, assieme al cibo, gli entrasse nelle viscere la Sicilia tutta, di cui era stato a digiuno per troppo tempo.

Merda di oddogghi gli avevano fatto mangiare, l'unica volta che era stato invitato a cena, da un suo compare siciliano. Nemmeno in cucina si sentiva ormai più l'odore della Sicilia, rinnegata, cancellata. Anche la frutta, cellofanata, aveva un colore tisico, pallido, chissà da quale cazzo di mondo veniva.

A casa sua era l'America, che grande scoperta aveva fatto!

Si sentì felice come mai. Aveva terrore di lasciare la Sicilia, non sarebbe partito mai più, neanche per i suoi viaggi aziendali in Italia. Certo ancora era sotto scioc, magari poi, pian piano, superato lo scioc, sarebbe partito di nuovo.

«Gioiella va in America, sposa un tuo operaio, devi darle una ricca dote, come se mi sposassi io, tanto non ci saranno altri matrimoni in questa casa.»

Gerri non discuteva mai le opinioni di Luna, figurarsi gli ordini. Del resto non gliene fregava niente che la ragazza se ne andasse. Ormai sua figlia era cresciuta, si era abituata alla sua malattia, sapeva come gestirla. Era intelligentissima Luna, che poi da chi aveva preso?

Lui era abilissimo negli affari, ma l'intelligenza era un altro campo, sospettava. Comunque la sua intelligenza, poca, giusta, o quel che era, gli era bastata per vivere da re.

«Occhei» disse. Non c'erano ostacoli né sul fatto che se ne andasse, né sull'ottima dote.

Gli piaceva fare beneficenza, senza contare il ritorno che ne avrebbe avuto la sua immagine di pio benefattore dell'orfana Gioiella.

Bastava dirlo a un paio d'operai di bocca larga, che la sposava come una figlia, che le dava una ricca dote, e la notizia avrebbe fatto il giro del paese in non più d'un'ora. Quello che fino a un mese prima contestava del sud, ora, tornato dall'America, lo esaltava.

In fondo, un paese era una grande famiglia ed era giusto che tutti sapessero i cazzi di tutti, chi si maritava, chi giocava d'azzardo, chi faceva le corna al marito, chi metteva incinta la moglie del compare, ma sul piano economico era giusto il contrario, cioè che ognuno si tenesse rigorosamente il suo, quello che si era conquistato, facendosi il culo in quattro, e pensasse solo a se stesso.

Dopo una settimana, superato velocemente lo scioc dell'America, Gerri era già partito, per un giro d'affari, nelle sue fabbriche oltre lo Stretto di Messina.

In America lo avevano snobbato, aveva un gran bisogno di ricaricarsi, di riconfermarsi nella stima dei clienti, nell'invidia dei suoi operai, nei complimenti sul suo strepitoso successo, e quel giro avrebbe per sempre sigillato il doloroso capitolo America.

Grazie al prestigio di Gerri, in tempi record furono pronti i passaporti per entrambi. Sul suo c'era scritto bello, chiaro, il suo nome «Leonardo Calabrò».

Leo se lo contemplava, se lo baciava, se lo stringeva al cuore, col rischio di rovinarlo, di spiegazzarlo, mentre era nuovo di zecca.

Non gli riusciva proprio di frenare l'entusiasmo, la giovinezza era come la primavera che, quando partiva a razzo, nessuno la fermava più.

Guardava il suo passaporto come non aveva mai guardato una donna. Ne memorizzava nei sensi ogni dettaglio, dal colore alla forma. Quella sì che era una passione vera grande immensa. L'America ce l'aveva ormai a portata di mano, non poteva più fermarlo nessuno.

Gerri, come regalo di nozze, gli aveva pure pagato due posti in prima classe, classe di lusso. Bagno in camera, accesso ai ristoranti da ricchi, una pacchia insperata per lui, che non era riuscito nemmeno a pagarsi il biglietto in classe economica, dove andavano i pezzenti.

I biglietti li aveva ancora l'americano, come pure la dote per Gioiella, quella mezza scema, che non avrebbe sposato mai, meglio morto piuttosto. In America ci voleva andare da solo, andarci con una moglie era rovinarsi una carriera da attore. Ogni donna lo voleva libero il suo idolo del cinema, e sperare così di conquistarlo.

Quel testa di cazzo era stato tassativo, solo a matrimonio avvenuto gli avrebbe mandato la dote, per vaglia postale. Gerri trattava la vita privata come trattava i suoi affari, in assoluta sicurezza, nessuno pigliava per il culo lui, che s'era fatto le ossa in America.

Si impegnava sulla parola a consegnare la merce, quando la parte principale del contratto, il matrimonio in chiesa, il sacramento, fosse stata soddisfatta, in America. Invece il matrimonio in municipio era stato fissato per lunedì 28 luglio mentre la nave per l'America partiva il 3 agosto.

Aveva calcolato tutto alla perfezione, il tempo d'arrivare col treno a Palermo, rivendere i gioielli, senza fretta, farsi un guardaroba da signore, imbarcarsi sulla nave, e cominciare la sua magnifica crociera di lusso. Magari sulla nave si trovava una bella ragazza, meglio se ricca. Aveva un unico pensiero, partendo, lasciarsi per sempre dietro le spalle, la miseria, il risparmio, il campare di poco.

Si presentò di sera, con un'immensa anguria, ovale, di oltre dieci chili. Oramai anche lui era di famiglia, non doveva più sudarsi l'invito, stare fino all'ultimo in ansia, farsi venire l'acido se l'invito non arrivava, se quella stronza mandava tutto a puttane. Del resto, all'antivigilia del matrimonio, seppure un matrimonio in municipio, senza festa, senza invitati, era naturale che due fidanzati, due che si erano promessi, passassero qualche ora insieme.

Meglio però presentarsi a mani piene, faceva buona impressione. Pensò come omaggio a una bella anguria, che costava poco e faceva tanta scena. Bisognava poi tagliarla, l'anguria, prendere i piattini, servirla, come usavano loro. Si sarebbe creata l'occasione perfetta per il furto, nel momento in cui fosse finalmente rimasto solo.

Quando Leo arrivò con la sua anguria, aveva una tale luce di bandito nello sguardo che Luna pensò d'avere sbagliato tutto, ed ebbe davvero la tentazione di mandare ogni cosa all'aria, e lui affanculo immediatamente. Ma vedeva ormai le valige di Gioiella, pronte da giorni, preparate con cura meticolosa, tipico di chi vuole andarsene, di chi è contento di partire.

La sua impressione era sempre più che il tipo fosse da prendere a pedate in culo, uno a cui non affidare uno scarafaggio morto, immaginarsi una creatura ingenua, che nulla sapeva della vita, come Gioiella. Cresciuta, per colpa sua, anche se colpa involontaria, come un randagio scippato dalla strada e forzato alla catena.

Trattenne l'istinto, ma si riservò di parlare a cuore aperto con Gioiella, a tu per tu come non aveva fatto mai. Una volta in America, se non ci stava bene, doveva mollarlo, mandarlo affanculo. Coi soldi di Gerri, intestati solo a lei, avrebbe potuto camparci da signora tutta la vita, in America. Oppure tornare in Sicilia, padrona della sua vita.

Gioiella prese l'anguria dalle mani di Leo nelle sue, le consentiva di sparire per un po', occultando l'ansia, l'angoscia, per la sua deportazione.

Non era intelligente abbastanza per trovare una soluzione diversa da quella, o non aveva studiato abbastanza.

L'attrazione sessuale che provava per Luna non era affatto un momento passeggero, ma una malattia a vita, e magari, prima o dopo, le avrebbe preso la mano, ricoprendola di vergogna. Una donna innamorata di una donna, ah non osava pensarci. Meglio qualunque cosa, persino partire con un debosciato, persino sposarlo in municipio.

Ebbe tempo, più di quanto avesse previsto. Luna e Gioiella erano sparite in cucina, ad affettare l'anguria.

Collane anelli bracciali, diamanti, brillanti, pietre sconosciute, di colore vivo, accecante, blu rosso verde, scivolarono dal portagioie nelle sue tasche, velocemente, con destrezza di ladro provetto.

Ce n'era da viverci ricco in America, altro che per comprarsi un guardaroba, degno della prima classe.

Quando Luna tornò dalla cucina, non trovò nessuno in salotto, la porta era socchiusa. Pensò che il sudato ragazzotto, con la fissa del cinema, fosse fuori, in giardino. Sbirciò il cielo, c'era uno strapiombo di stelle mai visto. Voleva raggiungerlo, parlargli a quattr'occhi, ma l'avrebbe fatto dopo, non voleva rinunciare all'unico sole che poteva godersi, la luna, le stelle.

Respirò forte, pensò che ognuno, respirando, lasciava nell'aria piccoli invisibili grovigli della sua vita. Quel gesto meccanico, ripetuto da ogni essere umano migliaia di volte al giorno, immetteva in vite sconosciute, di cui misteriosamente si condivideva quella piccola reliquia.

Si guardarono mute per un attimo, ognuna chiedeva all'altra di Leo. Dov'era Leo.

Gioiella aveva in mano il suo passaporto e il certificato di cresima. Leo aveva chiesto di vederli, proprio in vista della partenza. Voleva essere sicuro che tutto fosse a posto.

Era solo una scusa, invece, il tempo che gli serviva, ad arte cronometrato, per entrare nella stanza di Luna e rubare, perfezionando il suo progetto, l'America. Non c'era più nulla di valore, solo un anellino, scivolato a terra, sfuggito per caso alla razzia dell'ignobile sudato ladruncolo, unico testimone di quel pezzo di vita. Non c'era più il collier di diamanti, regalo della sua madrina di battesimo.

Non c'era più la parure di brillanti e rubini. Non c'era più nulla. Nemmeno il Crocifisso scolpito da Gelsomina, l'unico vero gioiello a cui tenesse. Quel Crocifisso raccontava la storia di una madre a una figlia, e la raccontava senza parole, senza retorica. Solo con la faccia d'un Cristo allegro, bonaccione, quasi non avesse conosciuto le tempeste della vita.

Quel Crocifisso che Gioiella le aveva ridato solo dicendo *ti ricorderò sempre*, e lei non aveva osato insistere. C'erano momenti in cui era bello sottomettersi a un gesto, un passaggio d'emozioni per mani che si sfioravano nell'intreccio d'una catenina con un Cristo sorridente.

«Gioiella, quando parte il primo treno per Palermo? Di sicuro l'attore americano sarà alla stazione, pronto a tornare sul set» chiese Luna, fingendo un tono di voce pacato, ironico.

«Alle undici parte, è l'unico treno che arriva fino a Palermo, gli altri si fermano prima.»

Il treno era l'unico mezzo per arrivare a Palermo, non c'erano corriere per quella direzione. Le corriere arrivavano massimo a trenta chilometri dal paese, dove trasportavano i pochissimi studenti, che frequentavano le scuole superiori.

Si versò della limonata fresca, in tutta calma, e ne diede un bicchiere anche a Gioiella, che non riusciva a mandare giù nemmeno il suo stesso respiro, mentre andava in camera sua a disfare le valige, e via via che ogni cosa tornava al suo posto, anche la sua vita sembrò tornare al suo posto.

Con la stessa maniacale perfezione, con cui camicette gonne vestiti cappotti, erano stati sistemati in valigia, per l'America, ritornarono nei cassetti, profumati d'essenza di lillà, al posto di sempre.

Tra poco sarebbe stata l'alba, erano ormai le quattro, si sentì sollevata. Valutava i vantaggi. Restava, non andava in America, da una madre che non l'aveva cercata mai. Non ci sarebbe stata la farsa del matrimonio al municipio. Sì, era proprio un sollievo, la bocca dello stomaco tornava a distendersi, ed ebbe fame.

Al bar centrale Leo aveva offerto da bere a tutti, con la scusa che il giorno dopo partiva per l'America, e salutava così gli amici. Da Gerri si era fatto dare anche l'ultima paga in anticipo, qualche settimana prima, con la scusa di comprare le fedi nuziali.

Era esaltato, parlava, sproloquiava, non se la finiva più, alterato anche dal vino. Ma aveva tempo di smaltire, poteva ancora bere, festeggiare, il suo treno non sarebbe partito prima delle undici del giorno dopo, sempre che arrivasse in orario. Poi la felicità, Palermo, l'America.

L'estate era nel suo pieno, papaveri, campanule, margherite avevano già vissuto lo splendore della primavera. Una vita effimera, la loro, quella della vera Bellezza. E nel pieno fiore di Bellezza avevano pagato l'estremo tributo di sangue all'afa, allo scirocco.

Nella strada che portava alla stazione, circa cinque chilometri, non c'era nessuno, se si escludeva una cagna, che aveva appena partorito i suoi cuccioli, e li leccava, li allattava.

Avrebbe voluto prendere il posto di uno di quei cuccioli, ed essere allattata, nutrita. Provare com'era allattarsi al petto della madre, visto che lei non aveva potuto.

Sua madre se n'era andata, quasi subito, a scolpire il legno, la pietra, il marmo, per il Cimitero, e Ciccina Frensis aveva penato prima con il biberon, poi col cucchiaino da caffè, a cacciarle in gola, una a una, le gocce del latte di capra, il più leggero e nutriente per i neonati.

Si inginocchiò per vederli da vicino, non lo aveva mai visto un cucciolo appena nato, erano belli, bellissimi, madre e figli.

Lo aveva in faccia il sole, le accecava l'unico occhio, il sinistro, con cui il mondo, un piccolissimo mondo, entrava dentro la sua piccola vita al buio. Ma era effetto d'un attimo, sarebbe passato, non appena la pupilla si fosse adattata alla luce, bellissima ma sconosciuta.

Non bisognava mai avvicinarsi troppo a una cagna coi cuccioli, qualunque gesto, anche una carezza, poteva sembrare una minaccia.

Con un occhio cieco da sempre, e l'altro cieco al momento, non li vedeva più i cuccioli, ma poteva toccarli, annusarli.

Li toccò, li annusò, avevano la pelle calda, profumavano di menta. Anche la cagna, contenta della sua carezza, lontana da ogni diffidenza, le leccò la mano col fiato caldo.

C'era tempo, la campana della chiesa suonava le 9 e tre quarti. Diede le spalle al sole e, poco a poco, riprese a vederci. Anche la pietra del vecchio muro aveva un colore bellissimo, che non esisteva in natura, colore del tempo che passa, degli inverni, della pioggia, dello scirocco, del rampicante che nidificava nella pietra, sconfessando ogni legge di Natura.

Non era pazza, non aveva perso la memoria. Aveva tutto chiarissimo, come sempre. Di quel Sole sarebbe morta in giornata, o in nottata, sfigurata tutta, divorata da pustole vesciche piaghe, ma non gliene fregava un cazzo. Voleva il tempo dei papaveri, il tempo della Bellezza.

Si sentiva benissimo, il cuore batteva forte, solcava il suo petto come un veliero, anche se un veliero non lo aveva visto mai, se non nei libri. Ma erano tante le cose che non aveva visto mai, che non avrebbe visto mai, non almeno con gli occhi.

Le restava circa più d'un chilometro, e quello stronzo di sicuro, già alle dieci e mezzo, sarebbe stato in stazione.

Per l'ultimo pezzo, lasciò la strada, e imboccò un sentiero di rovi altissimi, con more giganti, che la sfamarono, la dissetarono. La pelle, calda come latte appena munto, sanguinava nel groviglio delle spine, ma non le faceva male.

Era bellissimo vedere quello che tutti, nascendo, vedevano un milione di volte nella vita. Era bello cadere, farsi male, sanguinare, stagnare il sangue della ferita con menta e fango, se la ferita era profonda.

Peccato, si vedevano già i binari, là dove anche il grande cespuglio di rovi aveva la sua ferita, e attraverso quella ferita il mondo lo infettava, con la sua inconfutabile esistenza.

Quando la vide entrare nella sala d'attesa, Leo cambiò colore, perse spavalderia, pensando che arrivassero i carabinieri ad arrestarlo, con la refurtiva ancora addosso. Tremò, il suo sogno americano finiva là, in quella merda di lurida stazione, e tutto perché una puttanella viziata, figlia di papà, non aveva pudore e voleva farlo sapere a tutti che la figlia del Cavaliere Franzò, l'unica figlia, era una troia depravata. Tanto su di lei il paese chiudeva un occhio, tutti e due li avrebbe chiusi, e pure suo padre avrebbe chiuso occhi bocca orecchi, anziché stoccarle le cosce, come sarebbe stato giusto per un padre.

Da un attimo all'altro li avrebbe visti i carabinieri, lo

avrebbero arrestato, con la refurtiva addosso, portato in carcere. Singhiozzò convulsamente, la sua avventura sarebbe finita in galera, per una stronzata, per quella puttana cagna che gliela stava facendo pagare a sangue, e non faceva un passo verso di lui, se ne stava lì, a godersi tutta la scena, fino alla fine dello spettacolo.

«Il Crocifisso, subito, dammi il Crocifisso» gli disse a voce bassa, Luna.

Lo cercò furiosamente, ma le mani gli tremavano, le tasche erano piene di gioielli, e le maglie si erano incastrate in un inestricabile groviglio luccicante. Ci voleva tempo, calma. Invece, come per miracolo, la collanina si staccò da sé dal groviglio, e cadde a terra col suo Cristo bonaccione, allegro, sorridente.

Luna lo raccolse da terra, se lo mise al collo, mentre già stava per arrivare al primo binario il treno delle 11.00 per Palermo.

Col Cristo che le batteva sul cuore, uscì dalla stazione senza voltarsi mai, mentre Leo saliva a precipizio sul treno, e si sentiva miracolato da quella stronza bastarda, che gli aveva procurato un colpo al cuore, solo per divertimento, solo per affermare che era lei la più forte e lui un poveraccio, che valeva meno di niente. Stronza bastarda, tutto quel casino per una miserabile collanina da due soldi, mentre gli lasciava addosso tutto quel ben di dio di brillanti e diamanti. Valla a capire una stronza così. Perché certe puttane non crepavano, con l'aiuto del Signore?

Luna sentì il treno alle sue spalle, si muoveva lentamente, col suo minimo carico di viaggiatori onesti, col suo truffatore. C'era posto per tutti, in un treno, come nella vita, solo che nella vita il biglietto era nascere.

Nel suo fischio, nel suo sconosciuto linguaggio, il treno raccontava, a suo modo, storie ed emozioni d'un'altra meta, che non si scriveva sul biglietto di viaggio. O forse, pensò Luna, era la sua maledetta tendenza a poeticizzare, alterando la realtà, a vedere sempre altro, mentre quel che già c'era rischiava di restare inesplorato, sconosciuto.

Le girava la testa, era sotto l'assedio dei profumi, menta gerani gelsomini. Più forte di tutti l'odore della terra secca, che cacciava via gli intrusi e restava solo se stessa.

Era anche sotto l'assedio della luce, insostenibile, accecante, bellissima. Guardò gli uccelli, che aveva visto solo di notte, per lo più, se non esclusivamente, aveva visto pipistrelli. Gli uccelli se ne fottevano degli uomini, delle malattie, dell'onore, del successo. A loro bastava solo la santità del cielo e un'ala amica per volare.

Luna non c'era, era sparita, l'aveva cercata ovunque. Forse era solo un incubo, e lei, sconvolta da troppi eventi, delirava.

«Luna Luna Luna.» Gioiella la chiamò infinite volte, con grido, con abitudine, con pianto, la chiamò.

Non voleva neanche pensarci, il sole era cocente, spaventoso, uscì fuori nel grande cortile alberato, tremando tutta. No, non poteva aver fatto una simile spaventosa imprudenza. Era suicidarsi, era morire, era non avere più tempo per sé, era levarlo a lei.

Convulsamente tornò dentro, rovesciò i divani del salotto, i materassi della camera da letto, sperando assurdamente di trovarcela, rannicchiata sotto, come quando vi finiva una forcina per capelli, un nastro, una moneta, e si trovavano solo in questo modo. Anche l'assurdo andava tentato.

Nel silenzio irreale *Luna Luna Luna Luna* sembrava quasi una canzone, con un'unica parola di testo, *Luna*, e un'appassionata, dolentissima, rincorsa di note.

Non c'era nemmeno all'ombra dei due gelsi grandi, ormai senza frutto. I suoi occhi, che avevano una vista potente, non potevano nemmeno abbandonarsi all'illusione del miraggio, alla pietà del miraggio.

«A che ora parte il primo treno per Palermo?» le aveva chiesto Luna.

Era andata alla stazione, sì, ecco alla stazione, solo ora ci pensava, ma lei non era molto intelligente, era lenta, ci metteva tempo anche solo ad azzardare un'ipotesi. Chissà da quante ore ormai la divorava il sole, un sole spaventoso come quello di fine luglio.

La domenica Angelina aveva giorno di riposo, non c'era nessuno con cui condividere l'angoscia. Così com'era, appena alzata dal letto, scalza, Gioiella scappò fuori e, d'istinto, prese la trazzera che aveva preso Luna. Si strappò anche lei la pelle sulle spine degli stessi rovi, anche lei sanguinò.

La trovò stremata, ma serena, quasi addormentata, col suo viso bellissimo, color di cera, nient'affatto deturpato dal sole. Una madonnina di piccole dimensioni, di quelle che si vedevano negli altarini, per strada, dono di fedeli. Aveva al collo la collana col Cristo, scolpita da sua madre, sorrise un attimo, richiuse gli occhi, s'abbandonò a un sonno profondo, come un cucciolo appena nato.

Non ci pensò un attimo, allungò istintivamente le sue braccia in avanti, le tese al massimo, ve la poggiò, come aveva visto fare alle madri che votavano alla Madonna i figli, sfuggiti alla Morte. Quasi che volessero, con quell'insolita faticosa posizione, creare una distanza tra sé e il figlio, così che la Madonna avesse a che fare solo con l'innocenza, non con il peccato di chi, adulto, già peccava.

Sulle braccia la portò fino a casa, senza mai sentire stanchezza. Non pesava niente Luna o forse non pesava a lei. Era ancora bianchissima, chissà che la Madonna non avesse operato il miracolo. La toccò, braccia viso gambe mani, la pelle era fresca, non c'era traccia d'ustione.

Cominciò a sperare, ma anche a pensare che, magari,

era stato solo un suo incubo. La sua mente nascondeva territori pericolosi, sconosciuti e, per la seconda volta, in pochissimo tempo dava nuovi spaventosi segnali.

Il pomeriggio passò serenamente, Luna non si svegliò mai, si sentivano i rintocchi della campana. Gioiella li contò tutti, ogni quarto d'ora, come contava i respiri impercettibili di Luna.

Via via che le ore passavano, prendeva coraggio, sperava, pensava a cosa farle mangiare, quando si fosse svegliata. Le piaceva la crema di latte, crema bianca, latte zucchero farina cannella e scorza di limone.

Alle otto di sera, al lume di candela, minuscole efelidi rosa macularono le braccia e le gambe di Luna, risparmiandone ancora il viso, gli zigomi, il mento con la fossetta.

Velocemente, come succedeva solo nei miracoli o nelle magie maligne, si diffusero ovunque. Un campo di minuscoli papaveri, pavidi all'inizio, poi spavaldi minacciosi, dai petali rossofuoco.

Alle dieci di sera, quando i papaveri divennero vesciche, cominciò la sua lotta, solitaria, inutile, disperata. Impacchi di camomilla, d'amido, di cardo, tutto quello che le veniva in mente, nel ricordo di quando aveva avuto la varicella.

Instancabili furono le sue mani, quanto instancabile fu il mostro, contro cui nulla poterono i fiori di camomilla, né i cardi.

La sua testa era vuota, pesantissima, non le veniva in mente nient'altro, con cui sperare, o anche solo illudersi.

Tentò di levarle il Crocifisso dal collo, dove le vesciche formavano già quasi il disegno d'un ricamo, ma la mano di Luna lo custodì stretto, con insospettata forza.

C'era ancora, era ancora viva, anche se non apriva gli

occhi, anche se non parlava. C'era ancora, devastata ma c'era. Con la sua volontà, c'era.

Le baciò la mano, più e più volte, baci lievi, come a dire *va bene, faccio come vuoi tu, non preoccuparti.*

Luna non aprì gli occhi mai, né mai si svegliò e all'alba, quando il solito uccello dal davanzale cominciò il suo solito mediocre canto, non difese più il suo Cristo dalla faccia allegra. Segno che era già morta. Morta di Sole.

Per lei non poteva più fare nulla, più tentare nulla, pensò Gioiella, ma lo poteva per se stessa.

Quando arrivò, scalza, senza fretta, al suo posto segreto, era tutto in ordine, lo aveva pulito con l'amore di sempre solo due giorni prima. La siepe del geranio rosso, potata del seccume, sembrava pitturata, opera d'un artista.

Gioiella pensò a quando lo aveva piantato, cinque anni prima, solo un rametto, staccato da un grosso vaso. Poi era diventato siepe, una siepe immensa selvaggia, che sceglieva dove accucciare i suoi fiori, dove schizzarli in arbusto, e faceva tutto da sé, inseguendo il sole, il vento, un uccello, o solo un suo capriccio.

Il luogo era come risorto. Coi luoghi era possibile la risurrezione, che invece era impossibile con gli esseri umani. Morivano per sempre e non c'era colore odore amore, che potesse risuscitarli in vita.

L'acqua del pozzo era fresca, chiara, luminosa. Vi si specchiò un attimo, un posto magnifico dove emigrare, dove trovare sua madre che le apriva la porta, dove fare fortuna per sempre. La sua America.

Quando la tirarono fuori dal pozzo con la carrucola, Gioiella aveva la pelle bianchissima, come non l'aveva avuta nascendo. Forse l'acqua fresca faceva da candeggina sulla pelle dei morti, o forse erano meccanismi più complessi, reazioni chimiche che metteva in moto la morte.

Aveva gli occhi aperti, neri e grandissimi, come quelli di sua madre.

Gli occhi rimasero aperti, la palpebra era rigida, come di marmo. Impossibile richiuderli, come si faceva per abitudine con chi moriva a occhi aperti, ma solo se il corpo era ancora caldo e la pelle ubbidiente.

Gioiella restò con gli occhi spalancati a guardare il cielo prima che qualcuno, per pietà, la coprisse tutta, con tela da sacchi.

Nessuno capiva cosa fosse successo. Il lunedì Angelina aveva fatto la scoperta, Gerri era arrivato la stessa sera, e ripeteva sempre la stessa frase, senza senso, che nessuno capiva: *Solo se c'è la Luna, solo se c'è la Luna.*

Il dolore faceva perdere la testa, ma se si escludeva quella frase, che ripeteva in modo ossessivo, per tutto il resto era lucidissimo e operativo come sempre.

Si preoccupò di fare arrivare la migliore agenzia di pompe funebri, diede ordine che la chiesa Matrice, dove sua figlia era stata battezzata, venisse addobbata come per un matrimonio di ricchi aristocratici e che, a celebrare la funzione, fosse il Vescovo in persona.

Restava da sciogliere il nodo dell'altra morta, Gioiella. Non voleva lo stesso funerale, non era sua figlia, ma del resto non poteva fare troppa differenza, rischiava di farsi criticare, mentre lui aveva coltivato negli ultimi anni l'immagine, il lucchi, lo chiamavano in America, del benefattore, del cittadino benemerito.

Certo gli levava una rogna il fatto che si fosse suicidata, e poi solo perché un coglione di manovale, mortodifame, l'aveva piantata, magari spaventato all'idea del matrimonio, come tanti.

Per una gran bella ragazza come lei, avrebbero fatto la fila, anzi lui stesso ne avrebbe acchiappato uno della sua fabbrica, uno dei suoi operai, giusto per età, serietà, corporatura, e gli avrebbe detto, senza che ci potesse essere replica, «*te la sposi*».

Una ragazza limitata, come sua madre, era rimasta, nonostante fosse vissuta in una casa dallo stile americano, con una mentalità moderna, americana, ma l'albero da cui si nasce faceva la differenza.

Si era comportata da campagnola, di quelle che un secolo prima si gettavano nella cisterna per una delusione d'amore, per un coglione di fidanzato che spariva e magari le lasciava incinta.

Aveva poco tempo per decidere sul funerale, e decise secondo come gli suggeriva l'immagine del benefattore.

Dispose per due bare bianche, identiche, le migliori sul mercato. Dispose per entrambe l'abito da sposa e il velo bianco, come si usava quando moriva una vergine. Dispose per lo stesso funerale. Questa, che era la parte più spettacolare, più in vista, l'avrebbe gestita senza fare differenza.

Ma quanto alle tombe, assolutamente no. Sua figlia avrebbe avuto un mausoleo, tutto per lei, non per niente era la figlia di Gerri l'americano, l'unica figlia.

Non avrebbe badato a spese per l'architettura, voleva un architetto del Continente, dove ormai si specializzavano in architettura cimiteriale, mentre al Sud ci pensava il muratore al disegno, come alla costruzione, e le tombe di chi poteva spendere erano tutte uguali banali rozze.

Per l'altra, invece, poteva andare benissimo una piccola tomba a terra, una lastra di marmo buono, ma senza esagerare, due vasi per i fiori, e una bella foto in maiolichina.

Solo la sepoltura era per sempre, mentre il funerale si esauriva in un'ora. Sul mausoleo di Luna, nei secoli a venire, si sarebbero fermati migliaia, decine di migliaia di curiosi, e avrebbero scattato chissà quante fotografie. Tutti avrebbero dovuto sbalordire e riconoscere a colpo il Mausoleo di Luna Franzò, figlia di Gerri l'americano.

Le bare delle due ragazze erano allineate e, per tutto il tempo, tranne l'omelia, il coro del Politeama, fatto venire apposta da Palermo, aveva accompagnato la funzione in chiesa.

Non s'era mai vista una cosa simile, nemmeno al funerale dell'arcivescovo, morto quand'era ancora in carica.

Al suicidio di Gioiella era stata data una spiegazione, supportata da dati reali, convincente per tutti. Il picciotto l'aveva ingannata, era scomparso dal paese, l'avevano visto salire sul treno per Palermo, e lei, ch'era una ragazza seria, non aveva retto all'abbandono.

Altra cosa era, invece, la morte di Luna, nell'opinione di tutti morta di cuore. Una malattia che aveva già da bambina, sicuro, anzi c'era proprio nata con quel difetto, e per questo non era mai uscita di casa, non aveva giocato, né corso come tutti i bambini. La debolezza di cuore non consentiva una vita normale.

Era delicata la ragazza, e altri simili casi dimostravano che, quando si aveva una malattia di cuore, non si superavano i vent'anni.

Quello era dunque il segreto della figlia di Gerri l'americano, quella la verità che, per quanto si fosse sforzato di nascondere, anche minacciando i suoi operai di licenziamento, alla fine era venuta a galla, con grande soddisfazione di tutti.

Gioiella non aveva fatto in tempo a vedere la trasformazione che la morte o un miracolo avevano operato sul volto, sul corpo tutto di Luna.

In pochi minuti la pelle era tornata bianchissima, immacolata, senza tumefazioni, senza vesciche, senza una sola efelide, nemmeno quelle di natura.

Questa metamorfosi aveva sbalordito Gerri, preoccupato di trovare sua figlia morta, con pelle da lebbrosa, esposta sul catafalco alla curiosità di tutti, alla diceria di tutti.

Se ne sarebbe parlato per anni, non sarebbero bastate le minacce. Invece il pericolo era ormai scongiurato, forse davvero la malattia aveva anche questa conseguenza, che indeboliva il cuore.

Comunque, in memoria di sua figlia, morta di cuore giovinetta, avrebbe lanciato una nuova linea completa di prodotti di bellezza, crema latte tonico, per viso e corpo.

Magari proprio con la sua foto da morta, in abito da sposa bianco, stampata su ogni singola confezione. Sarebbe stato uno scioc incredibile, una trovata pubblicitaria geniale. Il messaggio, che doveva passare, era che nemmeno la morte poteva guastare la bellezza affidata ai suoi prodotti.

La pubblicità ce l'aveva nel sangue, l'America ce l'aveva nel sangue, quell'America che aveva fatto di lui un maestro, non quella fottutissima di ora che ne aveva, in pochissimi giorni, fatto un depresso.

Per Natale la linea completa sarebbe già stata pronta, e presentata in grande stile, stile *Gerri Soap*. E congiuntamente a quel grande obiettivo, avrebbe definito e portato avanti, in tempi rapidissimi, la costruzione del mausoleo.

«Per la tomba di Gioiella ci pensiamo noi» gli aveva detto il fidanzato di Gelsomina, il giorno in cui Gerri era al Cimitero, assieme a un grande architetto, specialista in monumenti funebri, venuto apposta da Milano per il mausoleo di Luna, senza nessun limite di spesa.

«Va bene» gli aveva frettolosamente risposto, camuffando il suo totale compiacimento.

Gli sembrava una liberazione, non occuparsene più. Chiudere finalmente anche con quell'ipoteca, per sempre cancellare anche la malattia vera di sua figlia, ora che più non c'erano testimoni, e abbandonarsi all'illusione dolcissima che fosse davvero morta di cuore. Una malattia che colpiva soprattutto i bambini, quella di cuore, niente d'eccezionale. Molti ci morivano di cuore, e pure la sua bambina, dunque.

Si sentì leggero, dopo quasi vent'anni non lo sentì più quel macigno sul petto, insopportabile da portare. Cazzo, peccato che lo capiva solo in quel momento, era una scoperta fenomenale, la sua, la verità era come ognuno se la raccontava e ci credeva.

Questa cazzo di verità, su cui tutti pontificavano, che tutti reclamavano, doveva fare star bene, non male, non da cani. Ora per lo più la verità, il concetto di verità, come generazioni di minghioni lo passavano in eredità ad altri poveri minghioni, era più un debito che un valore, più una dannazione che una soluzione.

Mentre, se uno aveva un cervello d'oro, come ce l'aveva lui, si costruiva di volta in volta la verità, come voleva fosse, e ci campava felice tutta la vita con la sua verità.

Applicando questo nuovo concetto di verità, rivide tutta la sua vita, la corresse, e si sentì felice. Ora finalmente tutto quadrava.

La sua intolleranza al vino non nascondeva affatto la sua esperienza di garzone, quanto invece la sua passione per il più costoso, il più snob dei vini, la sciampagna.

La sua adorata figlia era nata con una malformazione cardiaca, niente d'eccezionale, dunque.

Aveva avuto un pensiero geniale, che andava brevettato, che avrebbe cambiato la vita del mondo, di tanti infelici che s'ammazzavano perché schiacciati dalla cazzo di verità, e morivano da fessi, da testediminghia, senza sospettare che si potesse combattere contro quel virus pericolosissimo, mortale, contagioso, solo sparandogli contro una loro artigianale verità.

Provò a calare la sua teoria sul suicidio di Gioiella. Se non si fosse arresa alla verità assassina dell'abbandono, se invece avesse opposto una sua salvifica verità, facciamo conto che si fosse stufata del bullo, che lo avesse mandato affanculo, la sua vita avrebbe avuto tutt'altro corso.

Chissà quanti filosofi avevano studiato e scritto sulla Verità, ma di fatto nessuno aveva trovato un rimedio, una via d'uscita da quell'inferno.

Peccato che, ormai a quasi 70 anni, non avrebbe potuto godere a lungo di questa sua straordinaria scoperta. Ah minghia! Ci stava ricadendo, tornava a insidiarlo la verità del mondo, la verità delle testediminghia, la verità cosiddetta oggettiva.

Non ci cascava più, in tempo lo soccorse subito la sua verità. E la sua verità era che aveva davanti una vita lunghissima, che avrebbe avuto una moglie fantastica, dei figli maschi e sani, che avrebbero fatto espandere in tutto il mondo la *Gerri Soap and sons*.

Le tombe, gemelle, semplici, di marmo bianco furono costruite in quindici giorni. Su quella di Gioiella c'era scritto il suo nome, su quella di Luna, non c'era scritto il nome, c'era scritto soltanto «MIA FIGLIA».

In una tomba c'era davvero un corpo, il corpo di Gioiella, nell'altra no, non ci sarebbe stato mai.

Il corpo di Luna, ostaggio di Gerri, sarebbe stato seppellito nel mausoleo, col suo nome e cognome scritti in oro, e chissà con quante inutili frasi d'effetto, magari in rima, tipo poesia, commissionate a qualche sedicente poetuncolo di paese, per qualche soldo.

Su ognuna delle due tombe Gelsomina pose una sua scultura, il volto di Gioiella aveva gli occhi ridenti e un che di felicità, come mai da viva. Era così che aveva voluto la ragazza, quando glielo aveva chiesto, come faceva con tutti i morti, prima di scolpirne la statua.

Per la tomba di sua figlia, invece, aveva scolpito il volto d'una bambina sul petto della Madonna. Poteva essere la Madonna, ma solo perché si era al Cimitero, poteva però anche essere una madre che stringeva al petto sua figlia, in un abbraccio senza fine. Tutte e due al sole, al Sole per sempre.

Stampato da
Grafica Veneta S.p.A., Trebaseleghe (PD)
per conto di Marsilio Editori® in Venezia

EDIZIONE
11 10 9 8 7 6 5 4 3 2

ANNO
2017 2018 2019 2020 2021